第七次爱上你

>>> 肖柏瀚 著

SEVENTH
TIME IN
LOVE
WITH YOU

天津出版传媒集团

天津人民出版社

图书在版编目（ＣＩＰ）数据

第七次爱上你 / 肖柏瀚著 . –– 天津 : 天津人民出
版社 , 2019.6
 ISBN 978–7–201–14674–4

 Ⅰ . ①第… Ⅱ . ①肖… Ⅲ . ①长篇小说 – 中国 – 当代
Ⅳ . ① I247.5

中国版本图书馆 CIP 数据核字 (2019) 第 094098 号

第七次爱上你
DIQICI AISHANGNI

肖柏瀚 著

出　　版　天津人民出版社
出 版 人　刘　庆
地　　址　天津市和平区西康路 35 号康岳大厦
邮政编码　300051
邮购电话　（022）23332469
网　　址　http://www.tjrmcbs.com
电子信箱　reader@tjrmcbs.com

责任编辑　章　赪
封面设计　王　鑫

制版印刷　大厂回族自治县德诚印务有限公司
经　　销　新华书店
开　　本　620×889 毫米　1/16
印　　张　14
字　　数　110 千字
版次印次　2019 年 6 月第 1 版　2019 年 6 月第 1 次印刷
定　　价　59.00 元

目 录 | Contents |

| 楔　子 |

　　死而复生？难道真有死而复生这种事？

　　丁晓彤惊愕地盯着街对面那个因为没有追上美女而垂头丧气的男子。

　　他应该已经死了，确实死了！

　　十二年前，她和十几位同学一起，痛不欲生地看着他躺在医院太平间的冰棺里，此刻他怎么可能再度活生生地出现？一时之间，她分不清自己心头的感觉究竟是惊喜还是恐惧，只是紧张地凝视着他。

　　难道是认错人了？不可能！绝对是他，陈寒，她少女时代的恋人。她看着他跑出来，去追一个显然是气急败坏跑掉的女孩子，那女孩子坐上车走掉了。丁晓彤看清楚了他的面目，此刻，他的侧脸对着她，那俊美如古希腊男子的脸庞，挺拔的鼻梁，一切都如此熟悉。他们曾经那么相爱，望着他的后脑勺儿她都可以一眼认出来。就是他，不会有错！

　　丁晓彤连眼睛都不敢眨，紧紧盯着他，生怕一不留神，他就突然消失了。

他似乎感应到了她的目光，突然转过头来。

起初他只是惊讶，不明白这个看起来三十岁左右的女人为什么要那么怪异地望着他。然而很快，他高大的身躯几乎一震，他突然发觉这个女人是一次次出现在他梦里的女人，只不过梦中的她是十八岁的样子。

梦中人竟然出现了，多么奇怪的一件事。可那是一个噩梦！在梦里，他知道她的名字，她叫丁晓彤，而且他很愿意陪着这个女孩子，他们相见总是充满甜蜜的味道；然而在梦的最后，他总会看到一个古怪的冰棺，发现冰棺里躺着的死人是他自己。

多么甜蜜又多么恐惧的梦！而梦里的她就在眼前。怎么办？要不要靠近她？他的前面，究竟是花园，还是深渊？他是该留下来，还是要飞快地逃开？

隔着车流、人流，这对熟悉而又陌生的恋人惊喜却又惶然，默默相望。

| 第一章 | 噩 梦

一

噩梦，健忘，三十岁便身价过亿的年轻总裁程飞抓到命运发出的一副坏牌。一直顺风顺水、春风得意的他简直猝不及防。

这是在 2028 年，春天的北京。

窗外一直在下雨，紧一阵慢一阵。其实北京不是一个经常下雨的城市，只不过这几天雨水特别多。绿色植物被清洗得更加耀眼。

"别以为总裁那么好当！我一天到晚忙得像个机器人！"程飞皱着两道英挺的浓眉，对秘书马莉抱怨道，想了想又加上一句："唉，简直是一个快要报废的机器人。"

随口的一个比喻，没有人把这种形容当真。

谁都觉得它不是真的。这位总裁有一张让人过目不忘的俊脸，跟人握手的时候温暖有力，属于人群中耀眼的品类。

马莉道："老板，不要太工作狂，现在已经是晚上七点，您应该去赴约吃晚餐了。"

马莉的话音刚落，办公室的墙就渐渐变色成屏幕，有人打来可视电话。程飞按下应答键，墙面出现程飞女友小美气急败坏的样子，她叫道："程飞！我等了你整整一个小时！不要太过分！"

　　其实小美自己也迟到了，她和朋友疯玩儿，猛然想起和程飞的约会，她匆匆赶到的时候已经迟到了五十分钟，上了趟洗手间，见程飞竟然还没露面，这才打电话发飙。不然以小美的急脾气，早就催了程飞几百遍了。

　　程飞的嘴巴张成O型，根本不敢说自己彻底忘了跟小美的约会，更糟糕的是，他竟然不记得之前到底约在哪里，于是含糊道："我们是在老地方见面吧？"小美气哼哼道："当然是老地方，二十分钟之内不到，你这辈子都别想再见到我了！"

　　小美的话掷地有声。程飞赶紧跟马莉道别，急匆匆往外跑。

　　副总裁李可探出头关心地叫道："老板，少喝点儿酒！"

　　程飞头也不回地答道："好！放心！"

　　马莉微笑地跟李可寒暄道："李总，您也该下班了。"李可道："你先走吧，我还有一个协议没看完。"他望了一眼马莉的发型。

　　这位美女秘书的头顶竟然扎着一个金色的小型风车，马莉的脑袋轻轻一晃动，风车就转啊转。

　　李可禁不住摇摇头。现在的小姑娘们好特立独行啊！为了吸引眼球，简直是花样百出。

　　这阵子简直是见鬼。程飞夜里不断地做奇奇怪怪的梦，而且梦境总是差不多的内容。他用力摇摇头，似乎要把那个梦甩到一边。夜里已经被折磨得不行了，白天实在不愿去想它。

　　这种情况已经持续了一两个月。

　　在白天，程飞整个人晕乎乎的，不断忘事，还不时头痛。在夜里，程飞要么失眠，脑袋里像被人装进马达，疯狂运转；要么就是做噩梦。整个人变得特别憔悴。如果没有李可帮忙处理工作事务，他实在不知道公司会是什么局面。

李可不仅仅帮他打理公司，对他的私事也是了如指掌。程飞已经完全记不起自己小时候的成长经历了，是李可告诉他，说在他六七岁的时候就被送到欧洲留学，此后父母因为车祸双双身亡，等他成年之后从欧洲留学回来，就继承了父母的公司。

程飞上了自己的无人驾驶车，犹豫着选了和小美经常去的那家餐厅的地址。汽车自动导航、启动，并模拟时下最红女星娇滴滴的声音道："主人，请您坐好，小麦这就帮您导航，前往蓝色沸点西餐厅。"

蓝色沸点西餐厅算是高档场所，那里不仅环境优美，食材也特别讲究，刚好离公司不远，两人去过一次之后，就把它当成约会的"老地方"。

无人驾驶汽车自动设计出最合理的线路，很快就停下来。女声温柔道："主人，蓝色沸点西餐厅到了。祝您用餐愉快。小麦期待再次为您服务。"

程飞下了车，车门自动关闭。

抬脚才走了两步，突然一阵天旋地转，程飞觉得自己的脑袋痛得好像要炸开，他慌忙抱住脑袋，不由自主地慢慢蹲下身子。

剧烈的疼痛一阵一阵袭来，程飞情不自禁地低叫："哎哟，痛死我了！哎哟，完了，从来没有这么痛过……"

餐厅就在几十米之外，程飞却痛得没有力气站起来，也没有力气拿出电话来拨打，只能蹲在路边，捧着脑袋低沉叫唤，但又没有力气高声叫喊——是真的痛得一点儿力气都用不出来。

下雨的夜里，行人不多，偶尔有一两个路人都匆匆走了。不知道是没有发现程飞需要帮助，还是不想惹麻烦，没有任何人上前来帮他。好不容易一位带着小朋友的奶奶经过，他们走得比较慢，程飞赶紧尽力喊："请过来帮帮我……"他觉得他们至少可以帮忙打个电话。可是没有用，即使他们是慢慢走过，也没有听见。

程飞真是欲哭无泪。他只有拼命大口大口喘气，死死撑着。幸亏这时候雨下得不是太大，不然估计程飞会无法支持下去，会连蹲的力气都没有，那就危险了。

又过了一阵儿，程飞眼睁睁看见小美气冲冲地跑了出来。程飞想要叫住她，却着实没有力气大声喊，只能呻吟道："小美，哎哟，小美……"

小美根本没有听见，决绝地离去，简直跟身边的空气都有仇。程飞眼睁睁看着小美渐渐远去的背影，费力地伸出右手，似乎想要去抓住她，然而就这么一个简单的动作，就令他踉跄了一下，几乎要栽倒在地。程飞只能收回手，咬牙继续支撑着自己的身体。

程飞不断大口喘气、呻吟，前所未有的无助感几乎击溃了他。过了好一阵儿，阵痛稍稍缓解，他慢慢打量四周，看到不远处一个卖新疆特产的流动售货摊位，于是设法一步一步挪过去，艰难地问摊主："我可以在你这里坐一下吗？头痛死了。放心，我不是坏人，也没有太大的问题，很快会好的。"

摊主打量了他一阵儿，似乎有些犹豫，最终还是点点头，还好心地递给他一杯温水。

程飞颓然坐在椅子上，慢慢喝水，并打起精神安慰摊主道："请放心，我真的没事的，很快就会缓解，只是老毛病突然发作，你不要担心。"

他一小口一小口把热水喝掉，忍耐了好一阵儿，阵痛终于彻底过去了。

看看售货机上，主要货品是葡萄干、红枣、核桃几样东西。程飞指着剥好的核桃肉,示意自己要买。摊主拿出一斤装的,程飞点头。摊主道:"这个69元。"程飞拿出手机,对着摊主的二维码扫了扫,然后按了999元,点"支付"。

摊主惊讶地叫道:"老板,你给多了!"

程飞接过一袋核桃仁,说:"没有给多,好人好报,就是为了感谢你!"然后走开,重新上了自己的车。

"小美,千万别生气,我今天头痛发作,没有办法来见你。明天专门向你赔礼道歉。"程飞发了这条文字消息给小美。此刻他发出声音都嫌费劲儿,回家也只是在汽车屏幕上手动点击"家",挣扎着到家之后倒头就睡。

二

深夜的篮球场,灯光亮得刺眼。

程飞一个人在练习打篮球。

嘭、嘭、嘭……

一次次单调的篮球撞击篮板的声音。

这时篮球场的另一端出现一个身影,健美匀称的长腿,虽然看不清脸,但拥有这样一双美腿的,显然是个女孩子。

一个清脆的女声传来:"喂!"

话没落音,一个篮球朝着程飞砸过来。程飞头一偏,还是被篮球砸到了脸。

女孩子恶作剧得逞般"咯咯"笑,然后得意地说:"我叫丁晓彤。"

程飞揉着被砸疼的面颊,转过头去,终于看清楚了女孩儿的样子。一张那么美丽的脸,笑起来眼睛像弯弯的月牙。

程飞一下子看呆了,篮球滚到一旁,他竟然忘了去捡。忘了听谁说过，据说年轻时看到一名异性，如果像过电一样甚至像遭雷劈，就是爱上这个人了。总之此前程飞从来没有这种感觉。

女孩儿害羞地把球捡起来，丢给程飞，程飞这才回过神来，一把接住。

两人一起打篮球。打着打着，不小心撞到一起。程飞碰到丁晓彤的胸部，如此柔软而充满弹性，他一下子愣住了，不知所措，慌忙道："对不起。"

丁晓彤微微张嘴，想说什么，却连一句"没关系"都说不出口，窘迫地逃走了。

程飞拔腿就追。

跑啊，跑啊，他体力不支，倒了下去。

过了很久，程飞不知不觉站在一个竖着的长方体冰棺前。那冰棺"咝咝"冒着冷气，一排数字闪烁不停，−37℃，−36℃，−35℃……35℃，36℃，37℃。

程飞没来由地恐惧起来。然后，他看清了，冰棺里似乎是一个人，揉揉眼，他发现，冰棺里的人竟然是他自己……

惊恐地大叫一声，程飞醒来。

是那个梦，已经做过无数次的梦，这同一个噩梦，又一次纠缠着他。

偶尔状态好，身体舒服，他才能够一觉睡到天亮，摆脱这个恐怖的梦境。

谁是丁晓彤？为什么老梦见打篮球？程飞平常根本就不打篮球。还有，为什么会有一个冰棺？零下三十七度究竟是什么意思？

他百思不得其解，看看时间，这时是夜里三点。

程飞不敢再睡也不想再睡，试着爬起来。还好，一觉之后他已经恢复了部分体力，头也不痛了。

他决定起来给自己做点儿东西吃。经过休息，状态好多了，他的动作变得非常熟练。

一排芦笋被放在台面上，程飞手法娴熟地将每根芦笋削皮，切碎。芦笋放入锅里的沸水中，按下计时器，20秒钟。再取出，放入一个榨汁机中，打碎成芦笋热汤。然后将芦笋汤倒入一个精致的容器中，撒上黑胡椒粉。加入一汤勺牛奶和三滴橄榄油，一份鲜美的奶油芦笋汤就做好了。

"叮"——程飞拿出烤箱里烤好的两片法式面包。他又煎了一个鸡蛋，两面都煎熟，同时加一截火腿肠。再从果盘里摘下几颗葡萄洗一洗，放在盘子里，所有食物全都端到餐桌前，也够丰富的了。

他开始独自慢慢吃。

吃的时候尽量什么也不想，专注于咀嚼、啜饮、吞咽。

一条白色的小卷毛狗突然跑过来。

这是程飞养的小宠物，他专门让马莉请了一位钟点工，每天定时来照顾小狗，同时打扫家里的卫生。

程飞夹出一小块火腿丢到桌子下的一个小盘子里，嘴里说道："小白，你也醒了，来，吃点儿东西。"

小狗发出亲热的"呜呜"叫的声音，摇头摆尾了好一阵儿，才慢慢开始吃火腿。

好不容易熬到天亮，程飞上车，直接发出到公司的指令。无人驾驶车软件小麦竟然开玩笑道："主人，今天怎么这么勤奋？"

程飞没心情回应，直接关掉语音。

早晨六点半。

公司里静悄悄的。

打开自己办公室门的时候，程飞不经意往旁边望了一眼，吃了一惊。隔壁副总裁房间里，李可居然也在！

那门虚掩着，他过去轻轻敲了两下门，不等回应就推开，道："李总，今天怎么会这么早啊！"

李可三十岁，看起来温和而有气质；公司里没人知道他们两人曾是同班同学，程飞自己也记不起。

起初李可神色有一丝慌乱，但很快便镇定下来，故作轻松地答道："今天我要处理一点儿事情，所以特别来早一点儿。程总你呢？晚上又没睡好？"

程飞摇头，无奈叹气。对于李可，他非常放心，公司许多事完全交给他打理；称呼上，有时叫他李总，有时直呼其名。

李可道："这样吧，我已经给你联系了一个身心健康医生，她是一位美丽的女士，看起来挺年轻的，姓朱，叫明珠。从今天起她就是你的私人医生。"他说着递过一张名片，"这是朱医生的地址和电话。"

程飞接过名片走进自己的办公室，坐在办公桌前，打开电脑，处理事情，同时发信息约小美晚上一起吃饭。

小美还在生气，不理他。

程飞无奈，最后又发信息道：晚上七点，蓝色沸点西餐厅，不见不散，我要好好向你道歉，送你一份神秘礼物。

发完短信，程飞吩咐马莉去帮他买一份礼物。他说："是要送给小美的，昨天我失约，她生气了，准备什么礼物由你来决定，反正能让小美高兴就好。你马上去办。"

马莉答应着离开了。

不久，李可敲门走入，把一沓文件放在程飞的办公桌上，说道："老板，会议下午两点开始，美国 TCMG 集团的老板直接从机场赶到公司，等着和你签署这份计划书。"

程飞摇头道："李可，这得你去。我没办法去开这个会，刚才已经约了你推荐给我的朱医生，而且我这次状态太糟糕了，会把事情搞砸的。你替我去吧，凡事你做主就好。"

李可无可奈何地耸耸肩，似乎已经习惯了老板近来的做派。

三

朱明珠三十岁出头，黑色秀发烫染成一头大波浪，五官鲜明而恰到好处，神情温而而平静，有一种知性的美。她从来不穿医生的工作服，此刻身着一件浅色的衬衫加阔腿长裤，看上去知性而温柔。

她开了一间自己的诊所，诊所的布置和程飞的家有些相似，也是黑白灰简洁而极具科技感的现代风格。

程飞走入这样的环境，莫名就觉得亲切，两人寒暄几句之后，他抱怨道："我的记忆力一直在衰退，特别是短期内的事情，一眨眼就忘了。"

朱明珠道："你自己觉得是什么原因？有没有一些坏习惯，比如熬夜、大量饮酒？"

程飞想了想，道："一般都是十一点以前尽量早睡，但是睡眠很不好，总是做梦，甚至是做噩梦；酒的话，有时候会用酒精麻痹自己。"

朱明珠语气轻松地问："是什么样的噩梦？你能讲述一下吗？"

程飞道："反复梦见一个我自己根本不认识的女孩子，梦里记得她的名字，我们一起打篮球。还有，会梦见一个冰棺，里面装着一个人，好像是我自己。"他突然觉得冷，打了个寒噤，不再说下去。

朱明珠问："这样的梦听起来似乎没那么可怕，为什么你说是噩梦？"

程飞道："当然可怕呀！梦见自己在冰棺里，那不是死了吗？太恐怖了。"

朱明珠道："每个人的理解不一样。曾经我有另外一个病人，也梦见自己在冰棺里，但他认为可能是他自己觉得热，就躲到冰棺里去了。"

程飞愣了一下，道："噢，也是，这样理解也是可以的。我以后不要再害怕了。"

朱明珠接话道："是的。以后你睡觉前，要学会先安慰自己，告诉自己一切都很好，不需要害怕。来，在这里躺下。"

其实朱明珠刚刚说的"另外一个病人"，是她临时杜撰的。心理医生偶尔需要使用善意的虚构，扰乱病人固有的思维模式，恰恰是为了让病人安心。

她边说话边给程飞的头部涂抹一些液体，启动脑部 CT 扫描仪。

一阵"嘶嘶"的声音之后，朱医生认真分析程飞的大脑扫描图，道："目前看起来一切都很正常。但是你的大脑内下丘脑的左侧还是有一些轻微的出血。你需要吃药，应该很快可以缓解。"

程飞问："朱医生，我的记忆情况可以通过这个机器扫描看出来吗？"

朱明珠调出一张程飞大脑的活动图，回答道："记忆力是不能通过图像显示的，但这个热断层图片可以看出你脑部区域的活动情况，比如下丘脑这里，人的快乐中枢和痛苦中枢都在这里显示。根据你的情况看来，你最近的感情区域是非常活跃的，也就是说，你遇到了很快乐的事情或者让你情绪起伏比较大的事情。"

程飞看着朱医生，含蓄地笑，想起晚上要见面的小美。他和小美是在朋友的饭局上认识的，那时二十二岁的小美刚刚跟前男友分手。不得不说，小美属于那种头脑不转弯的女孩子，惊人的美貌、简单的头脑，这样的女孩子身边永远不会缺男人。其实程飞觉得自己头脑也简单，不，应该说他最近觉得自己有时候干脆就没头脑。

朱明珠道："这样，我给你抽一次血，进一步做个化验，过两天你再来看结果。"

程飞卷起袖子，静静看着自己的血液流进小试管，一时又有些晕眩，忍不住叫道："我现在又头晕了！"

朱医生已经抽了三管血，闻言马上停止抽血，嘴里解释道："本来要抽四管，但是我看你嘴唇都青了，加上你喊头晕，就不能再抽了。估计三管也差不多够用。"

她走到一旁，把程飞的三管血液放入了一个橙色的袋子里绑起来，然后放进了冷藏棺，再转身拿出一支液状药水，端来一杯温水，道："喝下去，先喝药，再喝水，你会好受一点儿。"

程飞听话地照办，坐下来休息几分钟，不适的感觉确实没有了。

这时马莉打来电话，说是给小美买的礼物已经准备好了。程飞问："你确定你准备的东西小美会喜欢吗？"马莉答道："只要不是送给变态的老女人，谁见到都会喜欢。"程飞这才放心。

朱明珠一边忙碌一边说道："我们人类确实太无奈了，几乎每一个人都要面临身体的疾病和衰老，最后是无可奈何的死亡。"

程飞道："真要死了没有知觉也就算了。问题是，我们还活着，就这里痛那里痛，完全不知道原因，根本不知道这里那里为什么会痛！太悲哀了！"

朱明珠道："幸亏情况越来越乐观。新闻报道不时说也许很快我们就能够长生，至少活得更长久、更健康。"

程飞道："但愿如此。检查结果什么时候出来？"

朱明珠道："24 小时以后。"

程飞点点头道："好，结果出来我再来拜访您！"

朱明珠应道："到时候我会给你打电话。我平常挺忙的，需要特意把时间留给你。"

四

蓝色沸点西餐厅，顾名思义，全部外墙都是深蓝色的，整体感觉很有档次。

程飞捧着一大把鲜花进来，拎着马莉准备好的一个礼品袋，走到事先预定的那个相对安静而私密的位置，给小美打电话。

小美起初电话都不肯接。打第三次，她才接听。

程飞道："宝贝，我昨天头痛得不行，说话都说不出来，是真的简直发不出声音。别跟我生气好吗？"他不敢说自己亲眼看着小美冲出去，却没有力气叫住她。这种情形说出来，一方面怕吓着小美；另一方面，程飞觉得自己实在是太 low 了。

小美好不容易来了，却板着脸，两人相对而坐。

这个被程飞一直宠爱着的漂亮女孩子拿起鲜花，深深嗅一嗅，便放在一旁，开始拆礼物。

一条丝质的限量版连衣裙，一条蓝宝石的锁骨链，小美左看看右看看，终于绽放出笑容，对着程飞嘟嘟嘴，卖了个萌。

程飞暗暗松了口气。

这时开始上菜了，红酒煮蜗牛、榴梿比萨、鸡蓉蘑菇汤、甜点、酒水一一上来，两人优雅而安静地吃着各自盘中的食物。

小美喝了一口杯子里的红酒，嘴上的口红印粘在了杯口上。

程飞看了她一眼，又低下头，一边切着盘子里的牛肉，一边说道："其实我觉得你可以换个发型。你的头发有点儿太长了，你看你吃东西的时候，总得留心不要让头发弄到盘子里。其实如果长度到肩膀，嗯，肩膀下面三厘米的位置，这样会更适合你的气质。"

　　程飞说完吃了一大块肉。其实刚说完他就有点儿后悔，生怕这个女孩子又要"炸"。

　　没想到小美乖巧地说："好啊，那我去找伊藤再剪短一点儿。"

　　这姑娘难得地顺从了程飞一次。不过，程飞却有点儿蒙，想了一阵儿，问道："伊藤是谁？"

　　小美瞪圆眼睛道："伊藤是谁？一个日本发型师啊，我们俩的头发不都是他给剪吗？你不记得了？"

　　程飞赶紧掩饰道："哦，我没听清，我当然记得。对了，你不是还跟我说你想要一双 Christian Louboutin 的高跟儿鞋吗？你发图片给我的那双，我找人从欧洲定了限量版，月底就能拿到。"

　　小美这下子就更高兴了，甜蜜蜜地说道："谢谢宝贝儿。"

　　程飞却又泼凉水道："其实我觉得那双鞋不太适合你，那大红底儿，太俗。还有，你看你今天背的这包，这么多铆钉，看着都扎眼，悄悄告诉你，只有外行才背这一款。"

　　小美嘟嘴不满道："那你干吗还送我？"

　　程飞好脾气地解释："我是为了让你开心啊！你说你喜欢，我能不照办吗？"

　　小美没好气道："你的意思我就是个俗人呗，就配得上那俗鞋。你今天拐着弯一会儿说我头发，一会儿又说我穿的鞋、背的包，你觉得我土就直说啊！你高雅你有品位，你去找配得上你的女友啊，你找我干吗？"

程飞把食指压在唇边，示意她小声一些。小美看了看周围私密安静的餐厅氛围，周围零星坐着几个吃饭的客人。她不但不听话，还故意提高音量道："我就说话大声怎么了！你为什么那么在乎别人的看法？你满脑子就是高雅、上流，就是因为你没有自信。"

程飞脸上露出尴尬的表情，解释道："我是因为你是我的女朋友，才直截了当地告诉你。"

小美赌气道："那好，我也直截了当地告诉你，从现在起，我也不再是你的女朋友。程飞，我觉得你这个人活得特别的假，跟你在一起，我都觉得自己像个假人。你根本就不知道你自己是谁。我们分手！彻底分手！"

说完，小美气冲冲地拎起包起身离开。

程飞看着她的背影愣住了，似乎反应不过来。

等到小美走出餐厅，程飞才回过神，他拿出几张一百元的钞票，放在桌子上，顺手一把抓过裙子和项链，追了出去。

程飞冲到街上，小美已经打了一辆出租车，呼啸而去。

难道小美真的铁了心要和自己分手吗？他们的恋爱历时一年多，小美生机勃勃的热情带给程飞无数美好的回忆。当他烦恼的时候，是小美腻在他的怀里撒娇，或者拖着他去喝酒，让他重新高兴起来；当他生气的时候，又是小美没心没肺、嘻嘻哈哈让他平息怒火。

这一次，看来小美铁了心要离开他了。

连马莉帮忙准备的万灵礼物都无法令她开心。

程飞沮丧地看着霓虹灯下的车来车往，走到了十字路口的人行横道处。

这时他隐约发现马路对面有人在看着他。人类的一些感觉无法解释，程飞就是感觉有人盯着他看。于是他缓缓转过头，望向看着他的人。

这个人，怎么会这么熟悉？大惊之下，程飞揉揉眼睛，定睛细看，发现那人竟然是丁晓彤。

梦里出现的丁晓彤。

丁晓彤看着程飞，带着难以置信的神情，脸上又露着一丝激动。

此时，人行道变了绿灯，行人纷纷朝着程飞的方向走过来，丁晓彤还是一动不动地站在原地。

程飞就这么和丁晓彤隔着一条马路对视着。程飞忽然觉得有点儿莫名其妙，这时，正好一辆出租车开过来，他拦下出租车，坐了上去。

坐在出租车上，程飞忍不住回头望去，丁晓彤还站在原地一动不动。

那张美丽的脸如此熟悉，那是曾经一次次出现在程飞梦里的脸。

梦中人。

出租车继续行驶，而程飞却忽然好像想起了什么，犹豫了一阵儿，吩咐道："司机，麻烦你把车开回去。"

丁晓彤仍站在原地，好像丢了魂儿一样，耳机里的音乐依然在响着，她失魂落魄地站着，一动也不动。

这时候出租车停在了她的身旁。程飞从出租车上走了下来。丁晓彤瞪大眼睛看着这个朝她走过来的男人。

他在她面前站定，幽幽地问道："丁晓彤，是你吗？"

丁晓彤不由自主地点点头，又摇摇头。

程飞低头看看自己手上拿着的裙子和项链，说道："你能不能帮我一个忙？这个，是一个朋友不知道什么原因给我的，准备让我送给女朋友。你看，我根本就没有女朋友。请你一定要拿着，不能浪费。"程飞撒谎了，他记起马莉说过只要是个女人都会喜欢这些东西。他太急切地想要讨得眼前这个女人的欢心，他太怕她突然消失不见。

丁晓彤犹豫了半天，接过来，看着程飞，满眼含泪，问道："陈寒，你真的没有死？这不是做梦吧？"

程飞愣了一下，他本来想问："谁是陈寒？"但鬼使神差般答道："是啊，我没死，我这不是出现在你面前了吗？你不是在做梦。你摸一摸我。"

丁晓彤的手被陈寒牵住，她被动地抚摩陈寒的脸，无法置信，问道："十二年前，我亲眼看见你倒在我面前，我看到了你冰冻在冷棺里的尸体，我们好多同学一起痛哭着举行你的遗体告别仪式，你的妈妈痛苦到完全哭不出声，难道这一切都是假的？"

程飞困惑地说道："我们都别再管那些事了。总之我复活了。"

丁晓彤猛地摇头道："我不信，这肯定是骗人的，或者是幻觉。"说完她转身就走。

程飞瞬间面容憔悴，一动不动地看着丁晓彤的背影，站在原地。

丁晓彤走了十步，突然又转过身，回头看着程飞，程飞精神一振，微笑地跟她对望。

丁晓彤突然不顾一切地跑向他，紧紧地抱住他。靠在程飞的肩头，丁晓彤流着泪说："我不管了，不管你是不是真的陈寒，我终于又见到你。这十二年，我真的好想好想你。我每天都在后悔，那一天为什么要叫你去跑马拉松。如果不跑步，也许你就不会死。"

程飞安抚地轻拍着丁晓彤，丁晓彤捧着他的脸，像捧着一件名贵的瓷器，生怕一不小心就失手打碎了。

这张成熟的男性的脸一直笑着，突然问："丁晓彤同学，我可以约你一起打篮球吗？"

听见这句话，这样一句青春飞扬日子里常用的暗语，三十岁的丁晓彤忍不住破涕为笑。程飞望着她的笑容，忽然低头吻到她的嘴唇上，丁晓彤不顾一切热烈地回应他。

两人就站在大街上毫无顾忌地亲吻着对方，完全无视猛兽般断然横亘在他们之间的漫长岁月以及那些无声的秘密。

|第二章| 青 春

一

2015 年夏天，北京向阳中学。

下课铃声响起，教室里的气氛瞬间活跃起来。高二（1）班公认的班花乔乔用作业本当扇子给自己扇风，嘴里小声嘀咕道："明明开了空调还是这么热，要热死人了！"

李可听到这句话，一声不响地下楼，到小卖部买回两杯冰茶，一杯自己吸着，另一杯递给乔乔。

乔乔接过来，调皮地一笑，顺手把冰茶递给正在默默想什么心事的陈寒。陈寒的头发都汗湿了。

突然递过来的冰茶让陈寒一愣，他虽然不知道冰茶的来历，也并不拒绝，慢慢接过来，友好地对着乔乔点点头，说道："谢谢乔乔，下次我请你。"

李可自尊心受挫，闷闷不乐。乔乔却伸出纤纤玉指，轻轻敲一下李可的脑门儿道："好东西要送给最需要的人。"李可的脸色这才变得好看一些。

全银河系的人都知道李可非常喜欢乔乔。李可老觉得乔乔喜欢的人是陈寒，但又不好意思明说，不时吃吃干醋。而乔乔呢，不但人漂亮，还是机灵鬼一个，她心里当然更喜欢陈寒，却没把握陈寒也同样喜欢她；至于李可，她不讨厌他，要知道，哪个漂亮女孩子身边没有一堆人献殷勤呢？

乔乔偷眼看看陈寒，他的眉头依然紧皱着，冰茶端在手里，半天想不起来吸一口，也并没有放下。

乔乔忍不住叹了口气。

陈寒确实心事重重。

虽然他长得又高又帅，体质却出乎意料的差，这是全班师生都知道的事情。高一参加军训的时候，毒辣的太阳底下，大家一起站军姿，规定要站足一个小时，而陈寒只不过站了半个小时，竟然晕倒在地，引得大家一阵惊慌。体检的时候，医生发现陈寒的心脏功能比较弱。而陈寒为了弥补自己的先天不足，不时找时间参加体育锻炼，此后倒也再没出现过类似晕倒的"险情"。陈寒不仅成绩好，是年级里的学霸，此外画画儿、唱歌，样样优秀，大家都喜欢听他婉转的歌声。因此（1）班的陈寒简直是全年级公认的"男神"。

然而这阵子，陈寒动不动就头晕、胸闷，这使得他闷闷不乐，心事满怀。在学校他要当好学生，回到家里还要强撑着，免得妈妈担心。他的母亲韩一梅是一名医生，颇懂养生之道，然而陈寒先天体弱，她也是无可奈何。

高二学生课业相当繁重，一天到晚都是做不完的作业和试卷，背不完的课文、单词和公式，大多数时候，陈寒只能在夜里锻炼身体。他最喜欢的运动项目是打篮球。

也许适度的体育锻炼会改变他的状况吧！

这一天夜里，学校的篮球场人已经不多了，十七岁的陈寒抱着篮球来到球场。

这时，球场上只有一个人还在打篮球，正在流畅地运球，投篮。那人个子不高，陈寒猜想这人也许是想通过打篮球提升自己的海拔呢！他很高兴这么晚还有人和他一样有兴致，于是便放下自己手中的球，想跟对方一起玩儿。

等到那个人投篮的时机，陈寒一个快步上篮，抢到了一个篮板，球便到了自己手中。

那人此时也去抢自己的球，两个人的身体碰撞到一起，对方的胸部……竟然软软的……这时候，陈寒尴尬地发现，打球的这个人，竟然是个女生！她梳着很短的短发，却留了一个长长的刘海儿挡住自己的半边脸庞，发型看上去有点儿奇怪。

陈寒道歉道："对不起，我不是故意的。我叫陈寒，怎么称呼你？"

对方的半边脸红了，犹豫了一阵儿，才低声道："丁晓彤。"

陈寒道："丁晓彤？这个名字好熟悉呀！你是高二（2）班的吧？听我们班同学说起过你呢！让我看看你的脸，说不定我见过你！"

嘴里说着，陈寒伸出手想要撩开女孩儿的头发，看看她的脸，丁晓彤一个挡手打在他的胳膊上，转身拿起篮球，头也不回地走了。陈寒痴痴望着这个远去的背影，那双诱人的长腿格外引人注目。

过了几天，高二年级部分报名的学生进行攀岩比赛，大家被分成了红、黄、蓝、绿四个组。

陈寒在"红"组，丁晓彤在"蓝"组。

女生在攀岩这项运动上，给人的感觉完全就是弱势群体。

每个攀在石岩上的女生，都做出娇羞惧怕状，发出恐惧的尖叫，甚至还有女生被吓哭。也有的不甘示弱，奋力在尖叫声中向上爬去。轮到乔乔出场，她给自己打了半天气，握拳叫着："加油，乔乔！"这才敢战战兢兢地往上攀。

女生们的这种表现刺激着男同学的神经，让他们兴奋、起哄、狂笑、吹口哨。

就在"蓝"组完全落后的情况下，丁晓彤举步上场。蓝组同学大声喊着："丁晓彤，加油；丁晓彤，加油！"

这位长腿姑娘动作干脆利落，很快攀爬到岩石顶端，迅速把其他四个组的男生甩在身后。然而她的头发始终遮着半张脸。

陈寒看呆了。

这时跟陈寒同组的乔乔不服气地抱怨道："跟男人婆一起比赛，真是不公平。"

蓝队夺得了第一名。就在蓝队欢呼雀跃的时候，丁晓彤悄悄转身离开了。

陈寒默默跟了上去，拉住她的胳膊叫道："喂！"

丁晓彤回过头。

陈寒道："我是陈寒。我们在篮球场上见过。"

说着陈寒趁丁晓彤不备，撩开她的头发，看清了她的样子，那是一张无比美丽的脸，在陈寒看来，她比乔乔还要漂亮。

陈寒道："拜托，能不能以后把头发用夹子夹起来？一张这么美的脸，舍不得给别人看是吧？"

丁晓彤笑了，从此她的头发被夹子夹起来，一张脸上展露出青春的笑颜。

一次年级组课外活动中，动感十足的音乐声里，一帮年轻孩子正在草坪中央狂欢。

几个特别活跃的女生在人群中跳起舞来。

这时候 MJ 的《Dangerous》响起，陈寒在丁晓彤的跟前一边哼唱一边跳起舞步。

陈寒一边跳，一边带着跃跃欲试的神情看着丁晓彤。

丁晓彤脸上带着笑，似乎比较开心。这时候，几个玩 high 的男生突然带着水枪和水桶冲过来，一桶水直接倒在了丁晓彤的身上。

男生喊着："男人婆！飞机场！身上可以停飞机哦！"

陈寒愣了一下，捡起地上空掉的水桶朝那几个男生砸去，嘴里嚷着："她不是飞机场！"

全身被水浇透的丁晓彤站在一旁，眼神感激地望着陈寒。

后来陈寒才明白，丁晓彤的妈妈在女儿进初中的时候疯了，被送进精神病院，这件事使得丁晓彤极度自卑，在同学面前不敢抬头。刚刚那几个男生一直习惯性地欺负她，所以她一天到晚不太跟同学交往，只是自虐般进行各种体育锻炼。

遇到陈寒之后，丁晓彤似乎彻底被唤醒，重新变得开朗起来。

二

"丁晓彤同学，我可以约你一起打篮球吗？"

（2）班教室外，刚刚下课，陈寒高叫着，他身边站着李可。

这是一个星期五的下午，课后就放学了，不用晚自习。

陈寒有意这样做。他故意让那几个顽劣的男同学看到他和丁晓彤走得很近，希望他们以后不要再欺负丁晓彤。

丁晓彤羞红了脸，跟着他们一起去了篮球场。

乔乔恰好目睹一切，气得一跺脚，寻思一番，也约了几个男生，一起去打篮球。

李可大声喊道："乔乔，你怎么也来了？你不是不喜欢运动吗？"

乔乔用尽全身力气把手里的篮球朝李可砸过去，大喊："不喜欢你这个大头鬼！"

男生们哄地笑起来。

陈寒见状，知道乔乔在生气，过来道："乔乔，我来教你几招。"

乔乔这才转怒为喜，卖力地跟陈寒学起来。丁晓彤假装没有注意陈寒，跟几个男生一起投篮。

大家玩儿累了，天色也暗下来，陈寒道："走，我请大家吃饭。"

李可道："也别老是你请，我们都 AA 吧！"

陈寒豪气道："客气什么！何况今天两位美女加盟，就更该我请客了。"

"陈寒，你们家是不是大款啊？我看你老是不差钱。"李可咬一口鸡腿，含糊地问着。

陈寒拉下脸来，答道："这个问题你都问了一百遍了。下次再问，再也不请你吃饭了。"

乔乔道："反正他是我们班的土豪，你问那么多干什么？"

"好好好，当我没问！"李可赶紧投降，猛喝一口饮料。

丁晓彤看了陈寒一眼。

饭后，陈寒买了单，对两个女孩子道："我打车，送你们俩回家。"然后对男生开玩笑道："你们都自己回家算了，一个车坐不下，原谅我重色轻友。"男同学们笑笑散了，只剩李可不愿离开。

两个女生互相看看，都没有推辞。李可叫道："喂，陈寒，也顺便送送我，我家离乔乔家很近。"

陈寒笑道："那太好了，正好你可以跟乔乔一起下车。"

乔乔撇撇嘴，没说话。

李可和乔乔下车的时候，陈寒从副驾驶座出来，跟他们挥手道别，然后很自然地上了后排，跟丁晓彤坐在一起。

乔乔和李可走了几步，特意回头，看到陈寒上了后座，神色黯然。李可道："走呀，乔乔。"伸手想拉她。乔乔赌气地甩开李可往前跑，李可赶紧追上去，嘴里喊着："乔乔，等等我！"

车上，陈寒转头认真看着丁晓彤，赞叹道："你的侧影真美。我突然想起一个词，叫'侧颜杀'，你知道是什么意思吗？"

丁晓彤狡黠地摇头。

陈寒解释道："就是从侧面看非常美，美呆了，让人缴械投降，俯首称臣。"

丁晓彤笑道："难道我只是从侧面看漂亮吗？"

陈寒道："你还是背影杀，那天你的背影把我迷住了。"

丁晓彤回敬道："你是'睫毛精'。这个你懂吗？"

陈寒忍不住大笑："哈哈，睫毛精，你比我更加睫毛精，看看你自己的睫毛多美多长。"

丁晓彤叹气道："看来我懂的你都懂。"

青春期的少男少女，说说笑笑的时候，是那样容易忘了忧虑。然而忧郁在陈寒的血液里，早就潜伏太久。陈寒笑过之后，停顿了一下，眉头又微微锁起来。他突然问道："为什么你平常那么独来独往，而且似乎充满忧伤，有特殊的原因吗？"

丁晓彤看看陈寒，道："以后你会明白的，现在不要问我。"

这时候，丁晓彤到家了。陈寒问道："下次还可以约你吗？"

丁晓彤道："当然可以。"

陈寒笑道："好的，接头暗号是：丁晓彤同学，我可以约你一起打篮球吗？"

丁晓彤笑着跑开了。

三

一次，陈寒和丁晓彤在打篮球，上次欺负丁晓彤的男生又来了，嘴里不干不净地喊着："男人婆！可以停飞机哦！"

陈寒愣了一下，拿起篮球朝那几个男生砸去，嘴里喊着："她不是飞机场！"

这次男生没有一哄而散，他们围着反击陈寒："你怎么知道啊？"

陈寒道："她是我女朋友，我当然知道！"

男生嘲讽道："原来你找了男人婆当女朋友。"

陈寒道："什么男人婆？你们见她不理你们，嫉妒她，才故意欺负她！"

男生道："她就是男人婆！"

陈寒大怒，冲上去跟他们扭打，然而寡不敌众，很快被几个男生放倒。

这时候，一直默不作声的丁晓彤突然走到那三个男生面前，几个标准的空手道格斗动作，男生齐齐倒地。

陈寒看傻了。

随后，两个年轻人一起来到一家面馆。面馆很小很简陋，生意却相当不错，显得非常拥挤。

两个中学生开心地坐在小板凳上，一边吃着热气腾腾的面，一边兴致勃勃地聊着天儿。

丁晓彤道："我爸是警察，那几个招式是他教我的。女孩子嘛，在外面总得防身有术。"

陈寒道："结果却让你用来保护我了，我今天真够丢人的。"

丁晓彤笑笑："你干吗说我是你的女朋友，为什么要打架？"

陈寒道："他们凭什么笑话你？我告诉你，他们其实是嫉妒你，男生女生都嫉妒你。因为你跟别人都不一样，还因为你技能太厉害，篮球打得好，攀岩也好，现在我又知道你会空手道，简直就像开了外挂。如果你能做我的女朋友，我就是全校最威风的男人了。"

丁晓彤道："你本来就很威风。不像我，有时候极度自卑，有时候又相当高傲。"

陈寒道："总之，我觉得你很特别，不管你是自卑还是高傲，我喜欢的就是你，这个世界上独一无二的你。从今天起，你真的做我女朋友好不好？"

丁晓彤害羞地笑了，不好意思地低头吃着面条。

陈寒一把抢过丁晓彤的面碗，一口气喝光了里面的面汤。

丁晓彤莫名其妙地看着他。

陈寒道："好了，我已经喝了你的面汤，只有男女朋友之间才会做这样的事情。你不可以反悔了。"

丁晓彤笑了。陈寒傻傻地看着她，突然用手轻轻摸着丁晓彤的脸，道："你笑起来，真的非常非常好看。"

又一天，陈寒在篮球场上练球。正在运球的时候，不远处，丁晓彤出现了。

丁晓彤用一支更美的发夹把刘海儿夹了起来，露出光洁明亮的额头。那发夹是个小小的蝴蝶结，看上去格外动人可爱。

陈寒看着她，开心地笑了起来。过了一阵儿，陈寒买了两瓶饮料，递给丁晓彤。丁晓彤接过来，一屁股坐到场地外的长椅上休息。

好一会儿，陈寒示意道："走吧！"

丁晓彤脸色难看又尴尬地坐在椅子上不动。

陈寒问："怎么啦？是不是身体不舒服？"

丁晓彤欲言又止，终于还是说道："我好像……来那个了，我……没带那个……"

陈寒看了眼丁晓彤穿的白色短裤，很 man 地安慰了一句："没事。"然后脱下身上的白色衬衫，自己却光着上身。

他把衬衫递给丁晓彤，说道："围在腰上。"

丁晓彤犹豫了一下，听话地把陈寒的白色衬衫围在腰上，挡住了裤子上的血迹。两人站起来往学校外走去。

这时候那帮同学从陈寒和丁晓彤身边经过。一个男同学大声对陈寒喊："陈寒，你卖骚！"

一群人哄笑，陈寒却更加大胆地搂过丁晓彤亲了一口。丁晓彤害羞地推开他，他却把她搂得更紧。

另一个同学大喊："教导主任来抓人了！裸男破坏校风校纪哦！"

陈寒拉起丁晓彤的手道："快跑！"两个年轻的身影，手拉手，在夕阳中向着前方奔跑而去。

四

毕竟是两个聪明又懂事的少年。青葱岁月里，他们相爱，浪漫而充满理性地节制，只在节日里偶尔约会。

这天陈寒在丁晓彤家楼下等她。

丁晓彤整装完下楼，见到陈寒，几步上去挽住他的胳膊问："我们今天去哪儿？"

陈寒两只手抄在口袋里，晃晃悠悠地走着，漫不经心道："我也不知道。"

丁晓彤娇嗔道："那你还约我？然后跟我说不知道？"

陈寒道："我就是不知道啊！约你一定需要理由吗？我就是想

见你，然后就像现在这样，和你慢悠悠走在这梧桐树下，我拉着你的手，吹着这午后的小风。我就能想到我们老了以后，也能像现在这样，手拉手走着。"他说着，笑着轻轻捏了捏丁晓彤的鼻翼，继续道："只是那时候的我白发苍苍，而你满脸皱纹，但树还是现在的这些树，风还是此刻的风，我们看彼此的眼神，还是现在的眼神。"

丁晓彤嘟嘴道："我才不要满脸皱纹。"

陈寒笑着说："我们总有老的一天。"

走着走着，陈寒发现路边停着一辆破旧的老车，车上落了很厚的灰尘。

陈寒上前围着车窗朝里面张望。

丁晓彤也跟过去看，然后说："这车停这儿好久了，好像没人要了。"

陈寒坏笑了一下，撬开车前盖，把点火线和火线接在一起，接着用石头砸碎窗户，坐到驾驶座上，竟然发动了汽车。

丁晓彤看傻了。

陈寒道："上车吧，带你去兜兜风。你不是想知道去哪儿吗？跟哥走吧。"

学车是陈寒背着母亲偷偷去学会的。毕竟父亲走得早，他希望自己可以尽快成为一名真正的男子汉，可以照顾母亲。别说，这孩子对汽车简直有天赋，好多东西简直是一看就会。

陈寒就近在加油站给汽车加满油，两人开着车从加油站出发上路了。

这着实是一辆破车，开起来发出各种"嘎啦、嘎啦"的响声。丁晓彤表情平静地坐在一旁。

两人开着车，傻傻地看着对方乐着。

陈寒发现车里留着一盘磁带，试着按下播放键。

是罗大佑的《野百合也有春天》。

仿佛如同一场梦

我们如此短暂地相逢

你像一阵春风轻轻柔柔吹入我心中……

陈寒也跟着罗大佑一起唱。

丁晓彤说道：“好奇怪，这车里只有这么一盘磁带。我现在在想，这个车原来的主人是一个什么样的人呢？为什么会把车丢在胡同里？这些年，他去了哪儿？还活着吗？”

陈寒说：“也许是他抛弃了这辆车，也许他只是来不及告别。”

丁晓彤：“突然有点儿替这辆车觉得伤心。”说完，这位因为爱情而多愁善感的女孩子轻轻抚摩车的前车板。

陈寒笑道：“伤心什么，我们今天不是陪它了吗？”

陈寒假装在跟车说话：“喂！今天把你开出来遛遛，是不是开心了很多啊？我们俩啊，今天跟你说了这么多话，你就不寂寞啦！”

丁晓彤看着陈寒，又转过头看着窗外的风景，开心地笑了。

磁带的歌声继续着：

而今当你说你将会离去，

忽然间我开始失去我自己

你可知道我爱你想你念你怨你深情永不变……

五

2016 年，秋天。陈寒和丁晓彤迎着阳光慢慢跑。

这一次，他们是参加学校组织的全市马拉松选拔赛。

陈寒实在不想参加，因为怕自己的身体吃不消，丁晓彤鼓励道："陈寒，你一定可以的！何况，如果到时候实在跑不动了，我们再临时放弃。就当作一次锻炼，我会一直陪着你。"

陈寒摇头道："我心脏不好，不敢参加这种过于消耗体能的运动。"

丁晓彤热心地说："没事啊！有我呢！何况我们不一定跑到终点，能跑多远就跑多远。"

"那好吧！"陈寒勉强答应道，丁晓彤高兴坏了。他们很顺利地通过了选拔，可以参加市里举行的正式比赛。

正式比赛那天，陈寒有轻微的感冒，发着低烧，他犹豫着想放弃比赛，丁晓彤拉着陈寒就跑了起来。

跑着跑着，陈寒觉得自己有些胸闷，不由自主地边跑边把衬衫的扣子解开，用手抚着自己的胸口。丁晓彤跑得起劲儿，在前面不远处招手道："陈寒，快点儿来呀，快点儿呀！"

陈寒喘着气答应道："好，好，我来了……"

丁晓彤一把拉住陈寒，两人互相搀扶着，跑啊，跑啊，终于，前面就是终点了，无数人拿着彩旗欢呼。

陈寒微笑着，脸色苍白，眼神慢慢有些黯淡，他吃力地转头对丁晓彤说："你看，我终于陪你跑到终点了。幸好没放弃。"

话音刚落，陈寒突然扑倒在地上。

丁晓彤大吃一惊，尖叫道："陈寒！"她扑上去，不停地摇他，叫着："陈寒！陈寒你醒醒！"

医生赶紧过来，然而，陈寒再也没有醒过来。

没有人知道，一次长跑的终点，竟然成了陈寒人生的终点。

医院太平间。

向阳中学高二（1）班跟陈寒交往密切的十来位同学到齐了，毕竟是上课时间，学校要求只派出学生代表和老师代表参加告别仪式。

乔乔哭得眼睛红肿，李可一直默默流泪，所有的同学全都笼罩在悲伤的气氛里。丁晓彤呆呆地站着，不哭，也不说话，完全不能接受现实。

同学们找来一个日记本和一支口红，在本子上留下了自己的手印，然后，他们一起把这个本子交给陈寒的妈妈——韩一梅。韩一梅接过本子，慢慢说道："谢谢，我替陈寒谢谢大家。"

冰棺里，陈寒神态安详，只有眉心微微皱着，仿佛只是睡着了。

一直没有哭泣的丁晓彤此刻突然崩溃大哭起来："不！陈寒！陈寒你快醒来！"现场顿时哭声一片。

韩一梅却从头到尾都没有哭，她只是带着责备的神情看了丁晓彤好一阵儿。这个悲痛的少女已经被自责折磨得快要晕倒了，韩一梅实在不忍心再去埋怨她。何况，韩一梅明白，陈寒的离去，事出有因，丁晓彤仅仅是导火索。

韩一梅仰天长叹，她这样的神情让同学们觉得她其实比大哭还要痛苦。

遇到这种情况，没有人会不痛苦。

韩一梅凝视着冰棺里的陈寒，喃喃低语道："这一切，还是发生了。陈寒，别怕，有妈在，你什么也不要怕，妈妈在这里。妈妈会救你。"

同学们哭得更伤心了，没有人明白韩一梅的话究竟是什么意思。

因为这番话里，含义太多太多，匪夷所思，只有韩一梅自己能理解。

| 第三章 | 　线　索

一

早上九点，程飞到了办公室。

前台接待处，站着两个身穿浅色制服、容貌光鲜的女孩儿。

女孩儿齐声道："程总好。"

程飞忽然盯着女孩儿看了三秒钟。

女孩儿被看得脸红尴尬。

程飞的心里不停地打着鼓，前台的两个女孩儿是新来的吗？还是自己又健忘把她们的样子给忘记了？还有，为什么自己怎么也想不起来自己的办公室在哪里了？

程飞只好对两个女孩儿说："带我去我的办公室吧！"

程飞进到自己的办公室，屁股还没坐热，李可就敲门进来道："老板，昨天的协议签好了，请过目。"

程飞扫了一眼那堆文件，表情突然严肃起来："签好了就行，中午陪我吃个饭，就咱们俩。好多事想跟你聊聊。"

李可愣了一愣，然后点点头。

这时程飞办公室的墙壁亮了，出现了朱明珠的样子，程飞按了接受键。朱明珠道："程先生你好，下午三点之后到五点半下班之前，您随时可以来取验血的结果。请您自己安排好时间，这个时间段我会一直在。"

程飞应道："好，谢谢朱医生。我三点半左右到。"

二

还没到十二点，程飞就心急地敲李可办公室的门道："走吧，楼下咖啡厅，我已经让马莉定好座位了。"

李可马上站起来，两人一起到了咖啡厅。

程飞坐了下来，很久都没有说话，默默沉思着，他的目光很黯淡，看上去有些孤独，也有些无力。忽然，他喝了一大口咖啡道："我告诉过你，我最近总是做一些很奇怪的梦，梦到同一个姑娘，更奇怪的是，我昨天遇到她了。"

李可喝了一口咖啡，没有看程飞："是吗，意思是你新的艳遇又来了？"

程飞摇头道："什么艳遇，就别笑话我了，我对艳遇没兴趣。说正经的，梦里的女孩子十七八岁，高中生模样。然后我自己在梦里也是那个岁数。这个梦就跟真的一样，就好像真的在我身上发生过。而昨天遇到的那个女子，应该是三十来岁，年龄也跟我差不多。但我知道是她，知道她的名字，丁晓彤，她也认识我。但是她叫我陈寒，还说我已经死了。唉，我不知道究竟什么是真相。我记得你说过我小时候在英国念书，长大才回国接管这家公司。说实话，我一直对英国念书的那段记忆很模糊，我感觉我的记忆力越来越差。"

李可的眼神飘忽不定，他顾左右而言他道："那还不是跟你喝酒有关。幸亏你今天聪明了，改喝咖啡。你平常每天都要喝掉半瓶，根本就是在酗酒嘛，记忆力能不衰退吗？"

程飞微微抬了抬头，视线向斜前方看去，目光渐渐失去焦点："昨天，丁晓彤没有叫我程飞，而是叫我陈寒。这名字好像真的在哪儿见过？我们认识的人当中有没有叫这个名字的？"

李可急忙打岔道："你知道吗，喝酒会让人产生幻觉。做个梦你都当成是真的，我看你真的脑子喝坏掉了。"

程飞无比痛苦，索性招手让服务员送来一瓶啤酒，一下子喝下一大杯，他双眼盯着杯壁上残留的泡沫，说道："你不懂，我常常觉得痛苦、恐慌，只有酒精可以暂时让我镇定一点儿。还是继续说我的梦吧！那种感觉太真实了，我觉得我已经爱上了那个姑娘。而且我相信，她是真实存在的。你知道吗，这个梦甚至让我有了一个很夸张的想法。我觉得我之前真的跟这个姑娘相爱过，我们俩在校园里谈过一场刻骨铭心的恋爱。我可能没有去过英国，"说到这里，程飞用狐疑的眼神看了李可一眼，"我之前应该一直在中国，和她在一起，我们深深爱着彼此。"

李可直视着程飞的眼睛，眼神很复杂，他用力扯了一下嘴角，冷笑了一下："好了，这话题没法聊了，再跟你扯下去，我觉得我都得精神分裂了。我们还是出去走走吧！"

程飞和李可从咖啡厅里出来，走在马路上。

李可突然叫道："咦，快看，这不是那个谁？你的女朋友！"说着他伸出手，往前面指去。

程飞顺着他的手指看过去。

小美坐在一个骑摩托的男人背后，搂着他的腰。男人穿着一身机车服，露着文身。摩托男靠边停下，小美从摩托车上下来，穿着背心短裤和一双人字拖。

摩托男搂着她的腰，两人到了路边的大排档坐下，有说有笑地点起菜来。

李可尴尬地看着程飞。

程飞淡淡道："算了，我们俩已经分手了。我觉得……我们从来没有相爱过。"程飞低下头看了看自己的双手，看起来很茫然失措。

李可故意想要缓解气氛，揶揄道："原来她好这口……放开你这个高富帅，跑去跟一个混混儿在一起。她一定会后悔的。"

程飞摇头道："我忽然觉得，小美说的是对的。她说我像个假人。"

李可问道："什么对的？什么假人？"

程飞道："你不觉得，我这个人活得很假吗？"

李可道："我觉得下午你可以跟朱医生多聊聊，她能解答你的疑惑。你最近确实有点儿糊涂了。"

程飞道："是啊，我以前一直很糊涂，但是现在我想明白了，从今天开始，我要做回我自己，我要找回我爱的女人。李可，谢谢你。"

但李可表情复杂，发起愣来。他自己其实也有一番苦衷，不可示之于人。

三

下午三点一刻，程飞赶到朱明珠的诊所。

朱明珠笑道："还是先给你做一个例行检查。"

程飞躺在诊所里的一张工作椅上，朱医生给他盖上一床薄毯子，然后查看程飞的眼底，朱明珠道："中午又喝了酒吧？你现在酗酒的情况还是非常严重。"

程飞困难地解释道："Sorry，真的戒不了，酒似乎是我的镇静剂。有时候脑子特别混乱，一杯酒下去就平静下来了。"

朱医生道："我认真跟你说，你的情况很危险，你现在眼底出血，我怀疑你的颅内也出现了出血症状。你的身体和别人不一样，酒精对你的伤害超过普通人，如果再这么下去，你的身体会非常危险。"

程飞心里有点儿害怕，故作镇静地问道："是吗，到底哪里不一样？其实我也觉得自己不太像个正常人，就好像是……一个机器人。"

又是机器人！

为什么他这阵子动不动就拿机器人打比喻甚至模仿机器人的举动？

程飞突然觉得有什么不妥，却又无法弄清楚到底哪里不对。

朱明珠看着程飞，眼里流露出一丝同情和不安，但她什么也没说，转身打开冷藏棺，她小心地只把冷藏棺的门打开一半，似乎在刻意躲避程飞的注视。她快速解开橙色的袋子，把里面的化验报告拿出来，又把橙色袋子放了回去。

程飞目不转睛地注视着朱医生的这些动作，嘴里不停地说道："我经常突然不知道自己是谁，觉得自己活得很假。我总有种感觉，我觉得真正的我好像已经死去了，我现在活着就好像行尸走肉一样。虽然我看起来什么都有了，但是其实我从没有真正快乐过。直到有一天我喝了酒，那种酒醉的感觉让我突然觉得自己真正地活在这个世界上，我的皮肤开始变得敏感，血液也仿佛变得滚烫，整个身体都像燃烧起来了一样。"

朱明珠转过身来，突然轻松地笑了笑，故意打岔道："你的感情生活呢？我听李可说你有个女朋友。"

程飞道："和她在一起的时候，我确实没有什么不开心，但是总觉得少了那么点儿感觉。我总觉得我已经把自己最深刻的感情给了别人，和她在一起就像逢场作戏。我们像所有情侣一样牵手、拥抱、逛街、看电影……但是，我始终觉得我们并不是彼此的灵魂伴侣。"

朱医生笑了："多少人羡慕你啊，生活无忧的高富帅才会有你这样矫情的感觉。我看你是过得太好了吧，所以才想给自己找点儿不痛快。"

程飞此刻陷入了沉思，似乎在谋划着什么事情。他从椅子上站起来，趁着朱医生不注意，故意打翻了诊所桌子上的花瓶，地上的水渍渐渐蔓延开来。

程飞赶紧道歉："哎呀，对不起，我太不小心了。"

朱明珠淡淡道："没事，我去让保洁人员来打扫一下。"她开门往外走，走到门口，她突然顿住了，回头看了一眼，目光里满是同情，她叹了口气，随即出了门。有的事情，他确实应该知道了。这个面色苍白的年轻人，引发了朱明珠内心深深的怜悯之情。

程飞迅速打开冷藏棺，却有些傻眼。因为冷藏棺里有好几个袋子，都是橙色的，他分不清到底哪一个才是自己的。犹豫之下，他快速翻看了几个袋子，发现每一个橙色的袋子上都有一串字母：NAMA。后面跟着一串数字。

程飞拿出手机对着这些字母数字拍了张照片，又把袋子放回了原处，迅速关好冷藏棺。

这些字母和数字是什么意思？

程飞突然有种感觉，自己所困惑的那些问题……似乎都与这些数字有关。

过了好一阵儿，朱明珠才推门进来，身后跟着一位保洁员。

程飞趴在桌子上玩儿手机，给丁晓彤发消息道："晚上请你吃饭好吗？"

朱明珠没头没尾地来了一句："每个人的本性里既有天使又有魔鬼，在一些特定的情景和时刻，有时候会行善，有时候也可能作恶。需要外部环境和内部自我的约束机制，才能与一切和平、友好相处。"

程飞毕竟偷偷做了小动作，有些心虚，接口道："朱医生这话，有没有具体所指？"

朱明珠道："也许有所指吧！当然我说的是普遍的人性。"

程飞含糊地"嗯"了一下。

朱明珠又道："我再给你开一点儿药，帮助你放松情绪，最主要的是防止你大脑内出血情况的加重。"

程飞赶忙道谢。

这时丁晓彤回消息："好的，晚上六点半见。你告诉我地方。"

程飞却又犹豫起来。见了她，究竟要说什么？是诚实地告诉她自己什么都不知道，还是含混地装作自己什么都知道？

四

晚上六点半。

隔着落地玻璃，程飞一眼就看到了在饭店外的丁晓彤。她在门口慢慢徘徊，眼睛看着地面，不时用脚踢着附近的石子儿，眉头紧锁。

就在前一天晚上，重逢时刻，他们还不管不顾地在街头亲吻。然而现在，二人都冷静了下来，彼此都觉得这件事太过突然，匪夷所思——

也许说有疑虑更合适，彼此都心怀疑虑。

程飞自己五点钟就提前到了，定好地方发信息给丁晓彤，然后慢慢清理一团乱麻般的思路。

见丁晓彤迟迟不进来，程飞叫来一瓶酒，自顾自慢慢喝，也不去喊丁晓彤。

过了好一阵儿，丁晓彤突然停下来，似乎下定决心一般，走进饭店。程飞立刻扬手示意。

"不好意思，路上塞车，迟到了二十分钟。"丁晓彤开口就道歉。她穿着昨天程飞送给她的裙子，身体曲线被裙子勾勒得十分曼妙，优雅得像个小仙女。丁晓彤经常穿的是运动风格的服饰，所以平时显得没什么女人味儿，这次穿上这身裙子，顿时让人眼前一亮。

"没关系，交通状况不太好，迟到半个钟头以内，都可以不算迟到。"程飞微笑地望着她，体贴地递过菜单继续道："我只点了两三个菜，你看看你想吃什么，再加两个。"

丁晓彤笑道："陈寒，你还是原来的样子，善良，为别人着想，一点儿都没有变。"

程飞喃喃道："是，我还是原来的样子，只不过名字改了，叫程飞。"

这句话一下子让两个人都陷入了沉默，他们彼此都知道对方心里在想什么，气氛一下子变得微妙又尴尬，空气好像一瞬间凝固了起来。

丁晓彤点了一份牛排、一盘水果沙拉，然后凝视程飞道："陈寒，不……程飞，到底是怎么回事？你不是死了吗？"

程飞突然露出了痛苦的神色："我也不知道是怎么回事，不过我确定，我曾是陈寒。这些天，有一些记忆模模糊糊地出现在我的脑海里，虽然断断续续，但是我确信它是真实的，还有，我确定自己真的很爱你！只是……有些事情还需要一些时间去搞清楚。我会集中精力去处理一件非常重要的事情，事情结束后，我再来找你，那时候，希望我们能更加没有顾忌地相爱！"

这一次程飞难得没有喝酒，他直视着丁晓彤的双眼，非常真诚地说道。

丁晓彤慢慢消化着程飞的这番话，似乎想要说些什么，又把话吞了回去，默默地切牛排。

彼此都不是十八岁了，丁晓彤无法无视这消失的十二年的时光，仅仅凭着一腔热血去和程飞在一起，为什么已经死了的人会再度出现？即便自己做梦都希望陈寒复活，但是她无法跟一个名叫"程飞"的陈寒牵手、拥抱、接吻……那消失的十二年的岁月里，到底发生了什么？这样诡异的事情真的会在现实生活中出现吗？

丁晓彤到现在依旧觉得非常恍惚，好像做梦一样，她用力掐了一下自己的大腿。

而程飞满脑子却都是橙色袋子上一连串的数字和代码——它们究竟意味着什么？

|第四章| 真　相

一

　　程飞笃定的是，他要在第一时间找到关于自己身世的真正答案。

　　陪丁晓彤吃过饭，他便马上回到家，打开电脑。

　　飞快地在 Google 上输入了"NAMA"几个字母，屏幕上出现了一个英文网站。上面是关于机器人的介绍。程飞的心剧烈跳动起来。原来他真的找到了有用的线索！慢慢找寻地址，竟然全世界都有 NAMA 的分公司。他详细查看了中国分公司的地址，并做了两手准备——先是用手机拍了张照片，然后用笔手写记在便笺纸上。

　　第二天，程飞早早到公司处理完日常事务，接着便按照地址找到了这家公司。公司在市郊，附近是一个公共墓地，四野寂静无声。门口挂着的牌子就那四个字母，而且有意做了哑光处理，并不醒目，如果不是有备而来很难注意到。

　　程飞没有多想，推门而进。

　　接待处的女秘书乔乔正在打电话。就是北京向阳中学那位乔乔，仍然是十八岁时的模样。程飞认真看了她一眼，觉得这个漂亮的女孩子似曾相识，然而却想不起来她是谁。

在等乔乔打电话的过程中，他环视着这家公司。公司的风格是八十年代的复古风，大大的橙色 logo 的招牌歪斜着挂在墙中间。程飞觉得很奇怪，他不知道这家号称高科技的公司看起来为什么这么破败。

房间回音环绕，程飞听到了乔乔的谈话内容："对不起，价格没办法优惠，定价是按照 2046 年的货币通胀计算，我们有十分专业的财务分析师来计算价格……是的，博士下周三有空儿。好的，祝您一切顺利。"

她挂了电话，抬头看着程飞。尽管脸上挂着看起来有温度的微笑，神情间竟然完全是一副非常陌生的样子——程飞终于确信自己并不认识她。

乔乔问道："您好，有预约吗？"

程飞一愣，吞吞吐吐答道："没……没有。我找博士。"

乔乔反问："您找哪位博士？"

程飞含糊着说："我，最近容易失忆，不记得博士姓什么。男的……"

乔乔点点头，问清楚程飞的姓名，又拿起电话，用很低的声音对着话筒说了几句。

桌上的一个摄像装置转动着对准了程飞。程飞镇定地望着摄像头。

过了片刻，乔乔道："你跟我来吧！"

程飞跟着乔乔来到了博士的办公室。

博士的办公室看起来不像一个医学或是科学工作者的场所，这里的风格夸张艳丽，墙上挂着一些艺术品和人体的涂鸦。

博士看着也不像博士，更像是黑帮老大，脖子上挂着金链子，一股子时尚风潮意味。

程飞走进来，还没来得及说话，博士便抓过他的手臂，拿出一个小电筒，对着他的脉搏处照了一下，顿时程飞的静脉血液里出现了一串数字编号03072018。程飞根本不知道自己的身体里怎么会出现数字，顿时瞠目结舌。

博士问："说吧，你是怎么找到我这里的？"

"我在我的血液标本上看到你们公司的名字，通过搜索引擎找到你的。"

博士不看程飞，好像自言自语一般喃喃道："我已经习惯低调了，我们NAMA公司在中国已经存在了23年，一直恪守低调隐秘，很少被外人发现。我相信能找到我的人，都是宇宙间冥冥的安排。"

程飞困惑地问："我是不是和正常人不一样？"

博士笑道："当然不一样。你站在我面前跟我说话，难道还没有明白这一点吗？你是个机器人，编号03072018，是我们公司2018年制造的地球上第307号产品。"

程飞大吃一惊，结巴着反问道："什……什么？我……是机器人？"

博士耸耸肩，得意又同情地望着他。

程飞喃喃自语："这个世上，怎么会有机器人……"

博士笑了，说道："怎么会有？孩子，机器人是科学，它的存在就好像转基因食品的泛滥一样。自从1946年世界上第一台计算机诞生以后，电子技术就已经开始在人类身上做实验。我们总公司也是1946年成立，到今天已经快有一百年的历史了，而我们的业务只有一个，那就是生产机器人。"

程飞无法置信地接口道："所以我是你们的……"

博士飞快接口："没错，你是我们的产品。不过不要失望，孩子，你的生命和正常的人类一样，是有意义的。你的产生也是为了延续另外一个人的生命。"

程飞终于明白了，他竟然真的是一个机器人，他的存在是为了延续陈寒的生命。怪不得他无数次梦见自己是陈寒，也梦见丁晓彤。

博士揣测着说："你能来到我这里，就说明已经有人把我们的秘密泄露给了你。"

程飞断然否认有人泄密的说法，一口咬定是自己口渴，而且觉得很热，想到冰箱里拿冰水喝的时候偶然发现自己的血液样品上面有字。他希望博士可以把"陈寒"的资料给他，这样就可以对陈寒的了解更多一些。

博士想了想，摇头拒绝道："这个抱歉，这涉及客户的隐私，我们是不会提供的。我姜科学作为项目首席责任人，不可能泄露秘密。但是针对你，如果你的身体某方面的机能出现问题，我们会负责维修。你现在还在我们的产品保修期内。这个你可以不用担心。"

程飞这才知道这位博士的大名叫姜科学。姜科学，讲科学，倒是名如其人。

吃了闭门羹，程飞脸上的神情有点儿恍惚。姜博士安慰道："我知道你对自己的身份有些难以接受，不过地球上有很多机器人在知道他们的真实身份后，都生活得很快乐。"

快乐！有什么快乐可言！机器人难道不是应该无所谓痛苦、无所谓快乐吗？

程飞的困惑太多了，是谁要把他制造出来的？真相是什么？

姜博士似乎能够看懂他的想法，笑道："看来你也开始想要追究那个最愚蠢的问题，我是谁？我从哪里来？哈哈！为什么要去想那些没用的答案，你只需要享受当下，我们已经尽全力给你们这样的机器人最完美的生命体验了。"

程飞却对这番话有些反感，他道："最完美的生命体验？如果说一个生命的诞生源于男女之情的话，那我算什么？你的工艺品吗？"

博士得意扬扬道："没错。"

程飞生气道："那既然我不能选择我的出现，至少我也可以把你的'工艺品'销毁。"

博士一副无所谓的样子道："没关系，如果你死了，还会有下一个'你'出现。每个机器人诞生后，我们都会给他植入全新的记忆，和'本体'完全不同的记忆。所以他们会有自己的生活、自己的感情。他们不是替代品，你也不是。"

程飞突然明白，原来之前关于他自己身世的记忆，都是假的。曾经李可告诉他，他只是一个孤儿，父母送他到欧洲留学之后，双双死亡。原来这些经历都是假的。他冷冷道："博士，你错了。你以为你的产品是完美的吗？看来你给我植入的记忆并没有成功，这么多年我一直像个行尸走肉一样生活着，就因为我不知道我的情感在哪里。直到我喜欢喝酒以后，你们给我植入的记忆开始逐渐消失。而之前那个'我'的记忆却慢慢出现，我知道他的名字，他叫陈寒。我也记得他曾经喜欢过的姑娘，我见到了她，而且和陈寒一样爱上了那个姑娘。"

这下轮到姜科学博士张口结舌，叫道："不可能。机器人的记忆是不可能共享的。"

程飞冷笑："事实就是如此。我不但恢复了从前的记忆，还遇到了我曾经爱过的女孩子。博士，你的实验品并不是你想的那样成功。"

他说完生气地离开了博士的办公室。面对一个如此自负的家伙，似乎没有太多好说的。至少眼前没什么好说的。

博士脸上的肌肉僵硬地颤抖着。

程飞走出大门的时候，乔乔追了出来，递给程飞一张名片，说道："博士说，下次如果你愿意再和他聊一聊的话，就给他打电话。"姑娘面无表情地把话说完，接着便跑回工作岗位。

程飞拿着姜科学的名片，回头看了看 NAMA 公司的大门，掉头就走。

才走几步，程飞的头又痛了，幸亏这次痛得不是难以忍受。他赶紧用手抱头，上车回家。

二

姜科学陷入了沉思。

那时的姜科学刚刚博士毕业，通过层层选拔成为 NAMA 公司中国分公司的科研人员。

他接待的第一名客户就是韩一梅。

此前听说那些有钱人大多数是难缠的主，没想到他第一次和一位客户打交道竟然如此顺利。

寒暄过后，韩一梅拿着协议，轻轻翻了翻，便说："我对你们已经做过调查，马上可以签协议。"

姜科学惊愕道："可是，韩女士，我有义务诚实地提醒您，这项技术，目前不够成熟，有失败的可能，而且，就算把人造出来，还可能出现我们自己都不能预测的情况。您确定愿意付出这笔巨额费用来承担这样的风险吗？"

韩一梅叹息道："我没有选择的权利。我只有这一个儿子，如果不尝试，半点儿希望都没有；如果接受一项半成熟的技术，我还有希望看到我的孩子活着。现在技术进步这么快，一切都是有可能的。"

姜科学点点头，道："我们会尽最大的努力来做好这件事。"

韩一梅缴纳的所有费用可以先后制造七个仿生机器人。

然而第一个被制造出来，一号陈寒没有被唤醒。科研人员查不出准确原因，多次补救仍然宣布失败。姜科学推测是脑回路没有打通。

韩一梅得到消息的时候，沉默半晌，说道："你们继续激活下一个。"

二号陈寒被命名为程飞。

当程飞终于被激活，睁开眼睛自己坐起来时，姜科学这才松了口气，去把焦急等候在门口的韩一梅请进来。

韩一梅满脸泪水，叫道："陈寒，你终于醒了。"她伸出双手想要拥抱自己的儿子，然而程飞却惊慌地躲开，嘴里喊道："你是谁？离我远一点儿。"

他根本不认识韩一梅。

韩一梅紧张地说："我是妈妈呀，寒儿，你不认识妈妈了？"

程飞猛地摇头，离韩一梅更远。

韩一梅只好失神地离开。

连续一个多星期，韩一梅想尽了办法，给程飞买各种礼物，给他做好吃的，通通无效。

程飞只是冷冷地说："我不认识你。"

由于无法承受这样的局面，韩一梅哭着放弃了。

后来姜科学就收到韩一梅的遗书，说是希望每一个被制造出来的陈寒都能没有忧虑地活着，而她自己对于活下去已经没有欲望了。

姜科学也不知道她是不是真的自杀了。

作为一名工程技术人员，姜科学只关心程飞，他的产品。

现在这件产品出现了制造者无法掌控的意外状况。

他一时还无法判断这样的失控究竟是好还是坏，只得委托乔乔转告程飞，如果他愿意，两个人可以好好谈谈。

第五章 | 父亲母亲

一

对于当时还不存在的陈博宇来说，1967 年是一个很有意义的年份。这年的 12 月 4 日，南非医生克里斯琴·巴纳德进行了世界上首例心脏移植手术，但不够成功，病人十八天之后死于肺炎；不久，南非开普敦的格罗特·舒尔医院进行了世界上第二例心脏移植手术，58 岁的牙科医生菲力浦·希莱贝尔格也因此成为第一位因心脏移植手术而存活的人。

十个月之后，1968 年 10 月 9 日，陈博宇"哇哇"哭叫着来到这个世界，他的哭声不是那么响亮。

医生提醒陈博宇的父母："这个孩子，你们要特别当心，他的心脏先天有缺陷。具体什么情况，我们现在的医疗技术查不出来，反正你们要好好照顾他。"

陈家已经几代单传，陈博宇一出生，就被大家捧在手心里小心护着。尽管如此，他和他的父辈、祖父辈一样，十四岁那年头顶就出现了白头发。家底儿厚实的陈家请遍名医，但孩子的少白头还是没有治愈。

韩一梅永远不会忘记第一眼见到陈博宇时的情景。

那是 1993 年的一天，24 岁的韩一梅第一次以助手身份参与一台重要手术，为一位先天性心脏病患者进行心脏移植。

陈博宇被推进手术室的时候，神色疲倦，奄奄一息。韩一梅同情地瞥了他一眼，发现他的五官非常精致，气质也是一流，如果不是因为生病，说他是电影明星一定有人相信。而此刻他的眼神如此无助，突然他伸出手来，一把抓住韩一梅的手，低声说："医生，我把自己交给你了，求求你救救我。"话音刚落，整个人就晕了过去。本来韩一梅的任务之一是给病人打麻药，见此情形，她的脑子里立刻出现两个思路，一种是把麻药的分量减去一半，即使病人已经晕倒，但如果完全不打麻醉，手术过程中如果病人痛醒，恐惧之下挣扎导致大出血会非常危险；而如果剂量不减，又会增加病人机体的负担，因而可以考虑减量；另一个思路就是再增加另一种药剂，可以帮助病人增强机体的活力。最终韩一梅跟科室负责人商量，采用了后一种方案。

心脏移植在当时还是非常尖端的高难度手术，不能有半点儿疏忽。

韩一梅事先阅读了病人的档案，知道他跟自己年龄差不多大。本该身强体壮的年华，却被疾病折磨得奄奄一息。

手术进行得出乎意料的顺利，手术之后，美术专业研究生毕业的陈博宇也表现得很坚强。

韩一梅每天都会跟主治医生一起来查房，轮到她值班的时候，她会一天到病房里来好几次。一次韩一梅刚进门，就发现陈博宇慌乱地把什么东西藏起来。韩一梅一言不发，走到病床边，眼神威严地朝陈博宇伸出手，她以为这个没那么听话的病人又在偷偷抽烟。

陈博宇望着她安静地笑一笑，终于把一张揉成一团的纸交了出来，谁都可以看出来，纸上画着的女人是韩一梅。"我本来想等画得更好的时候主动交给你。"陈博宇的脸有点儿红，他低着头，不敢看韩一梅。韩一梅望着他，什么也没说，转身走了。

半年之后，陈博宇出院，亲手把一大捧玫瑰花送到韩一梅的办公室。韩一梅笑了笑，还是没有说话。

然而很奇怪，陈博宇一出院，将近一个月的时间，他仿佛从这地球上消失了。倒是韩一梅，代表医院对他进行回访，这才找到他。

韩一梅开玩笑道："你这人，怎么这么假惺惺又这么没良心啊？"

陈博宇苦笑道："你这话什么意思？"

韩一梅道："在医院的时候，还送那么一大把玫瑰花给我，怎么一离开就把我给彻底忘了？"

陈博宇道："我怎么可能忘了我的救命恩人呢？恰恰相反，我是怕自己上瘾，一不小心再也离不开你。"

韩一梅笑道："我还在等着你给我画一张漂亮的画像呢！"

陈博宇说了一声"你等等"，然后扭头进了房间。出来的时候，他手里拿着一幅油画，画上一位白衣天使捧着一束火红的玫瑰，笑得安静又甜美。

韩一梅的脸一下子就红了，但她不依不饶地说："如果我不来找你，估计也就没有机会看到这幅画了吧？"

陈博宇道："我感谢我的病，是它让我遇到你。可是，正因为我是病人，我不敢轻易有什么念头，怕拖累你。"

韩一梅笑道："你看，这幅画是你的作品，而你，是我的作品。"

此时白色的棉麻布窗帘在微风的吹动下摇曳起来，仿佛在为这一段甜蜜的缘分庆贺。

两年之后，两人结婚。韩一梅三十岁才当妈妈，孩子取名叫陈寒。

取名陈寒是陈博宇的意思，"寒"是"韩"的同音，为了表示陈博宇和韩一梅永结同好。

陈博宇非常爱孩子。陈寒七岁的时候，无意中问："爸爸，我们的城市为什么一定要冬天才下雪？我现在好想看到雪。"结果陈博宇挖空心思画了一幅雪景，然后买回一些制冷设备，竟然自己捣鼓出一幅"会下雪的画"，只要一按电钮，图片里真的能够纷纷扬扬飘出一场雪。陈寒高兴得拍手叫好，父子俩用飘出来的雪花堆了一个小雪人，韩一梅和父子俩一起玩雪，一家人笑得合不拢嘴。

可惜，属于他们的美好时光太短暂了。

二

意外来得非常突然。

本来在韩一梅的督促下，陈博宇每天坚持适度的体育锻炼，又有非常合理的药物和营养滋养身体，即使换了心脏，他的健康状况表面上看起来跟常人无异。

陈寒呱呱坠地之后，韩一梅的重心转移到了孩子身上，疏于照顾陈博宇。而陈博宇作为画家，生活确实比较随性，也有些懒散，他不再坚持运动，也不肯主动吃药。韩一梅开始还总是提醒他，后来见他身体没什么异常，加上自己工作也辛苦，到家又被孩子缠着，慢慢也就不再管他了。

小陈寒跟父亲、爷爷一样，被打上了家族遗传的烙印，心脏先天发育不好，容易生病。尽管家里请了保姆，但是韩一梅要操心的事太多，真是心力交瘁。

一转眼陈寒满十岁了，这孩子学习很自觉，生活上也可以自理，韩一梅总算可以稍微松口气了。

这一家子看起来似乎好运连连。通过时光的沉淀，陈博宇的画已经非常抢手了，需要预约才能买到他的作品，而且价格不菲——通常一幅一平方米的画就要两万元人民币。唯一的遗憾就是陈博宇精力不济，常常需要休息。

这天，陈博宇状态不错，一个人在画室作画，韩一梅在医院上班，她要亲自操刀，做一台手术。

进手术室的时候，韩一梅把自己的手机交给办公室值班人员。她本来想交代一句，除了她标记为"老公"的陈博宇的电话，其他人的电话都不用管，又想反正才个把小时，应该不会有什么事，也就没说什么，只是把手机递给那位工作人员。

手术进行了整整一个小时。等韩一梅满头大汗地从手术室里出来时，那位年轻的医护人员神色紧张地对她说："韩医生，您的爱人打过好几个电话，刚开始我没接，后来看到他第三次打过来，我就替您接了。您爱人说胸口特别痛，我让他赶紧到我们医院来，这会儿可能快到医院门口了。"

韩一梅的脸色一下子就变了，心里生出不祥的预感，赶紧朝医院门口跑过去。

当她跑到医院大门口，果然发现陈博宇捂着胸口，表情痛苦地朝她这边走过来。她赶紧迎上去，然而，陈博宇根本没有看到她，就突然倒在了地上。

韩一梅大叫一声："博宇！"她跑过去扶起他，周围的护士也来帮忙，大家把陈博宇送往急救室。然而，陈博宇再也没有醒过来，这位已经小有名气的画家，他的人生在四十岁这一年终结了，死因在医学上叫作"心源性猝死"。

三

一年后的清明节，韩一梅带着陈寒去了墓园。

天空灰蒙蒙的，淅淅沥沥的细雨降落在墓碑上。在这样凄冷的环境中，没有人相信这些安眠于此的灵魂能够真正安逸宁静，只觉得隐约能听到这些逝去的人们在叫嚣着自己的孤独和寂寞。

韩一梅和陈寒一人撑着一把黑伞，她把一束花放在陈博宇的墓碑前，喃喃道："都怪我，没能照顾好你。可是，你真的应该学会照顾自己才对呀！"

陈寒怯怯地依偎在韩一梅身边，不敢出声。

韩一梅露出坚定的目光："我带着我们的儿子来看你了。请你放心，我会想尽一切办法把儿子照顾好！你留下的所有财产，我都会用在儿子身上。"

墓碑上，陈博宇生前的照片带着淡淡的微笑，仿佛听见了韩一梅的话语。

陈寒紧紧揪住妈妈的衣袖，突然哭出声来，说："妈妈，我怕，我们回家吧！"

韩一梅赶紧把陈寒搂在怀里，说道："不怕不怕，宝贝乖，妈妈在这里，你什么也不用怕。"

从此韩一梅对陈寒百般呵护，亲自照顾他的饮食起居，告诉他不能过度疲劳。

　　陈寒健康地长大了。母子间最常见的对话是："好吃吗？""好吃。""吃饱了吗？""吃饱了。""只要身体健康学习好，就一切都好。""知道了。"

　　然而那一天却突然来临，在韩一梅完全不知情的情况下，丁晓彤拉着陈寒参加了马拉松，一直跑，一直跑，直到陈寒倒下。

| 第六章 |　　钥　匙

一

这几天程飞内心非常煎熬，仿佛有千百只蚂蚁在啃噬自己的心脏。

丁晓彤在主动约程飞一次被婉拒之后，也暂时没了动静。女人毕竟大多数时候比较矜持。

突然发现自己竟然是机器人，这个打击对于程飞来说实在是太大了，他暂时不想见丁晓彤。

自己这种类型的机器人可以存活多久？有什么特殊功能吗？电影电视里的机器人不是都神通广大的吗？怎么自己就那么普通甚至那么怂，最近还动不动就头痛！

这些问题在程飞的脑子里不断地盘旋。

程飞定了定神，盯着放办公桌上姜科学博士的名片，陷入了沉思。

姜科学正在办公室里研究陈寒的所有资料，突然电话响了。

他拿起听筒，习惯性地应答："你好，我是姜科学。"但是对方却并不出声。他大概猜到了什么，于是装出不耐烦的语气说道："再不出声就挂了啊！"

程飞连忙说："姜博士，我是程飞。"

姜科学得意地笑了笑，说道："我知道你肯定还会找我的。"

二

公园的一条长椅上，姜科学和程飞并肩而坐。

许久过后，姜科学打开了话题："2017年，陈寒的母亲韩一梅女士第一次来找我，她的丈夫在陈寒十岁的时候，死于同样的病，心源性猝死。她得到了一笔巨额遗产，我们公司的机器费用是非常昂贵的，全世界只有不到1000个富豪可以出得起这笔钱，而且绝大多数富豪都不会舍得用全部的资产来维持一个功能有障碍的生命。但对陈寒的母亲来说，儿子就是她最珍贵的财富。"

程飞的心里泛起一股酸楚，他好奇地问："那韩一梅现在在哪里？"

博士喃喃道："她自杀了。我后来在你的档案上看见韩一梅女士给了我们一份遗言，让我们在合适的情况下，可以把真相告诉你。我们把你做出来没多久，她就自杀了。"

程飞大吃一惊："韩一梅不会自杀！她既然委托你们把我做出来，让她自己的儿子重新复活，那么她就没有理由自杀！"

姜科学一愣，说道："你说得有道理，可是，她确实是以遗书的形式给我们写信的。"

程飞的头脑里竟然自动出现了韩一梅的样子，她用坚定的神情望着他。他相信这个他也许应该称为妈妈的女人并没有死，还在世界的某个角落里关注着他。

博士道："外观上看，你的样貌、肌肤以及毛发都完全用陈寒的DNA复制再生，所以你们看上去不会有任何差异。但你体内的器官全部都是3D技术制作出来的电子产品，也就是植入芯片。"

程飞低下头摸了摸自己的肚子，恍然大悟道："难怪我从来不生病，也没去过医院，原来这里面的东西都是假的……可是，为什么我最近会头痛？还有，如果我出了意外呢？如果我去医院，是不是就会被人发现我的身体是异常的？"

博士笑道："你的问题太多了。你的头痛，说实话我也不清楚是怎么回事，这正是我愿意见你的原因。"博士说到这里，看了程飞一眼，顿了顿，继续说道："哦，如果你的身体出现意外，就像电脑死机一样，我们会把你销毁，然后重启下一个。"

程飞大吃一惊，顿时感到不寒而栗，反问道："销毁？你不觉得太残忍、太冷酷了吗？虽然我是机器人，但是我毕竟也活生生地存在过啊！"

姜科学叹了口气道："那有什么办法？有生命有知觉的世界，本来就充满各种残忍的事。所以我们宁愿机器人完全没有人类的情感，不要有喜怒哀乐。"

程飞激动地说："问题是我已经有了自己独立的思想和意识，我也有自己的感情和感受，我还有自己的记忆！自己的朋友！自己的工作！"

姜科学同情地看着程飞，摇摇头，似乎不知道该怎么劝慰他。

程飞突然大怒，吼道："销毁？你不怕我突然发狂，把你们销毁吗？"

姜科学道："这就是我们需要尽量保密的原因，尽可能不让机器人知道自己是机器人。就算知道了，我们也有防范措施，像你这种类型的机器人，我们会把善意原则同时输入你的大脑。简单地说，机器人会尽量行善，做好事，不做坏事。"

程飞不知道该说什么，沉默了一会儿，又强打起精神来问道："你刚刚说如果我出了故障，你们就会把我销毁，重启下一个，那么，我是可以无限重启的吗？"

姜科学道："怎么可能是无限！你们机器人是很贵的。我们用陈寒十八岁时的肉体一共做了七个机器人。如果要改变你们的外貌特征，需要另外设计制作，这也需要一笔不小的花销。"

他转头看了一眼程飞，接着告诉他，第一个机器人陈寒因为技术失败，已经被销毁了，他程飞是第二个，已经活了十一年了，现在还剩下五个。姜博士还说他们公司生产的每个机器人的寿命都是不确定的，通常是存活十年，最长的活过了十五年，但也有的非常短暂，几天、几个月、几年，都有可能。反正一旦出了故障就无法修复，只能被销毁。

程飞觉得自己无比可悲，他盯着姜科学说道："销毁！你们对一个人，就轻易地用'销毁'这个词？"

博士叹了口气说："我们机构的科学家都这样措辞，你应该学会习惯我们的说法。其实我们公司还是很负责的，你诞生以后，公司聘请的私人医生一直在负责你的健康监测，我们还给你安排了一个监护人。"

程飞这才明白，朱医生就是这家公司聘用的人，而他的监护人，竟然就是李可。李可在他身边这么多年，原来只是为了监护他。

"我到底还能存活多久？你们决定销毁我的标准是什么？"程飞的头突然有些痛，他边问边痛苦地抱住自己的脑袋。

姜博士看着程飞道："你的情况现在非常不乐观。朱明珠医生已经告诉我，她说你随时可能彻底失去知觉。如果哪天你完全没有知觉了，我们就必须把你销毁。"

程飞的头突然一阵剧痛，他揉着太阳穴，痛苦不堪的样子。姜科学赶紧从他的包里拿出一支口服液，打开之后，递给程飞。程飞马上喝掉，头慢慢又不痛了。

两个人不再出声，坐了好一阵儿之后，姜科学道："好了，对你，我真是仁至义尽了。好多不需要让你知道的东西，你都知道了。好自为之，我确实尽力了。"

程飞一脸悲怆，机械地道谢。突然，他眼睛一亮，问道："博士，我可以去看看你们的工厂吗？还有另外五个我。"

姜科学愣了一下，眼神变得复杂起来："原则上是不可以的，我们有我们的机密。可是对于你，情况很特殊。我跟我们机构汇报一下情况，再给你答复。"

姜科学走了，程飞一个人坐在椅子上一动也不动，他把胳膊肘儿支在膝盖上，用双手抱着头，慢慢消化刚才听到的信息。直到夜幕降临，华灯初上，他才站起身往回走。

必须要自我救赎，不管付出什么代价。

第七章 | 日记的秘密

一

愁肠百结，千头万绪。程飞不知该如何面对自己的困局。

这天，他正在办公室里发呆，突然墙壁亮了，丁晓彤的面容出现在墙上。这是一种投影通信，只要拨打对方的电话，选择了投影，对方就可以看见自己的影像。接电话的一方可以接受，也可以拒绝。如果接受，还可以选择只让来电方听到声音，或者也让对方看到投影。

程飞的右手在接听键前方停留了好久，最终还是选择了拒绝。

丁晓彤不死心，又拨打了一次投影通讯。这次程飞心软了，同意让对方看到自己的投影。

屏幕中映出丁晓彤焦急的面庞："陈寒，不，程飞，你为什么躲着我？"

程飞叹了口气，直视着丁晓彤说："对，也许我真的是在躲着你。"

丁晓彤的目光一下子充满了失落："为什么？"

程飞沉默不语。

丁晓彤眉头紧蹙，语调变得哀怨起来："你是希望我忘记你吗？那天明明是你自己说，你要集中精力处理一件非常重要的事情，之后你就来找我。那件事情处理得怎么样了？还是根本没有那件事情，你找了个借口来骗我。"

程飞的脸色很不好，露出痛苦万分的样子，用手撑住额头，然后抬头问："丁晓彤，你明明知道陈寒身体不好，对吗？要是我的结局像他一样，你能够接受吗？要知道，我不愿你承受失去爱人的痛苦。"

丁晓彤的脸色变了，问道："你是说，你也有心脏病？"

程飞道："不只是心脏病，我既然是陈寒生命的延续，他有的问题，我都会有，说不定更严重。你看，你这么年轻，又这么健康，也许，你可以有更好的选择。我不想伤害你，你知不知道！"

丁晓彤的眼圈有些发红，她一直克制着自己不让眼泪流下来，她说道："陈寒，就像你的身体有遗传性的疾病一样，我也有病，我得了一种叫作爱情的病，要吃一种叫作'陈寒'的药。这药如果没有生产出来，我的病就一直治不好，但是也不会发展，我终日心灵枯竭，槁木死灰。但是这药一旦生产出来，我就得靠吃它治自己的病，哪怕有一天吃完了，我的状况也会好过一点儿不吃，我能靠着残余的药效继续度日。我只要遇到了你，就没有办法去爱别人。我们赌一把，一起来好好照顾你的身体。"

程飞听后十分感动，喝了一口咖啡，对着丁晓彤说道："可是这次的情况不一样，真的不一样。不是你想象得那么简单。有好多事现在都是一团乱麻，整理不清楚，我很难让你跟我一起承担。"

丁晓彤用坚定的眼神看着陈寒说道："这件事情，过去的十几年里，我一直在想。很多次我问自己，假如陈寒没有出事，只是身体不好，动不动就病倒，我有勇气和陈寒一直走下去吗？我发现答案是，只要陈寒在这个世界上，我就无法放弃他。"

程飞被深深打动了，他说："好吧，如果你确定愿意和我在一起，我们晚上一起吃饭。现在我手里有几件事情需要好好处理。见面之前，你后悔还来得及。"

丁晓彤的脸上露出了笑容。

现年三十岁的丁晓彤是一家健身房的私人教练。

此刻她穿着露脐的健身T恤和紧身裤，露出性感的马甲线，高挑的身材看上去十分完美。长长的头发随意束了个马尾，显得很干练。

给程飞打完电话，丁晓彤开始给自己的会员上私教课。这个会员是个年方四十岁的胖大叔，姓皮。大叔在做最后几个艰难的腹肌训练。丁晓彤站在一旁一边纠正他的动作，一边鼓励着他："非常好，坚持下去，你的体型会变得很健美的。"

皮先生终于完美完成了最后一个动作，已经是汗流浃背，呼哧、呼哧喘着粗气，他一下子瘫倒在地板上，不想再动。

丁晓彤笑道："今天的训练全部完成了，最后给你做一下肌肉拉伸。"

说完，她非常职业地给皮大叔压腿抻筋。

大叔躺在训练垫上，丁晓彤掰住大叔的脚，用身体的重量帮他舒展。

大叔一边嗷嗷叫着，一边欣赏地看着丁晓彤，终于说出了心里话："丁教练，你知不知道，我每天来上课为的就是最后这五分钟。这肌肉被你拉得实在是太舒服了，简直让人飘飘欲仙……

嗷呜。"

丁晓彤忽然加大力度，大叔疼得叫唤了一声，然后一副享受的表情道："不过……每……每次疼完这一下，整个人都特……特别舒服。"

大叔的腰已经被压弯了，还继续说道："我可不可以约你一起吃晚饭？"

丁晓彤微笑着婉拒："我们公司规定，工作之外不允许和客人私下接触。"

大叔不死心，又说："我知道这是你的借口，你是看我又老又胖，所以才不喜欢和我约会的吧。没……没关系，我这已经在重新定位了，半年后，你等着，我会变成小鲜肉回来找你的。"

丁晓彤笑了，帮助大叔完成最后一个动作。她站起来，递给大叔一条白毛巾，叮嘱道："记住今晚不要吃主食，否则明天就取消最后的环节。"

大叔很认真地看着她说："丁教练，你真的是个好姑娘，现在还单身，简直就是上帝的不公平。不过，也许追你的男孩子排着队，只不过你不愿意告诉大家罢了。告诉我，我有资格排队吗？排在第几位？"

丁晓彤忍不住乐了起来，说道："皮大叔，你可真逗。"

皮大叔望着丁晓彤道："你很快会遇到你的真心爱人的，说不定已经遇上了。"

丁晓彤开玩笑道："哦，你怎么知道这么多？"

大叔道："我从你的笑容里发现了你的秘密，爱情是藏不住的。"

丁晓彤的嘴角都咧到了耳根儿，却什么也没说。

好不容易熬到下班，丁晓彤换了一身运动休闲的装扮，拿着一个苹果，边啃边离开公司。她走在街上，塞着耳机，哼着欢快的歌曲，看起来心情十分不错。她看了眼手机上的时间显示，很快就可以见到程飞了。

<h1 style="text-align:center">二</h1>

李可像往常一样来到程飞的办公室，递来两份协议道："老板，请签字。"程飞迟疑了一下，边签字边故作漫不经心地问："李可，为什么你要把一切真相都瞒着我？难道在这世界上，我们不是最好的搭档、最好的朋友吗？"

李可吃惊地问："什么真相？"

程飞已经把字签好了，抬头看着李可道："一切真相。我已经找到了姜科学博士，他把一切都告诉我了。"

李可回避着程飞的眼神，反问："究竟是哪些真相？"

程飞喃喃道："我竟然是机器人，也许活不了多久了。"李可盯着程飞，一言不发。程飞继续道："我和丁晓彤会重新开始相爱。"

"你真的记起了丁晓彤？"李可一脸难以置信的表情。

"当然。我记起了她，也遇见了她。"程飞继续说道。

李可的脸色忽然变得特别难看，眼神里充满了迷茫，完全没有了往日的朝气和活力。他认为是姜科学泄露了秘密，决定找姜科学讨个说法。

程飞提前离开办公室，跑到街上去买一个日记本。虽然电子文档已经很发达了，但他更愿意手写一份日记。在文具超市，程飞用心挑选，选择了几本一模一样的白色封面的日记本，封面上写着Diary，而且画着一对恋人依偎着坐在海滩上。

程飞赶到约定地点的时候，丁晓彤已经先到了。

"帅哥，表现不够好啊，还要美女等你。"丁晓彤一见程飞就开玩笑。程飞马上就放松下来，他有意把日记本放在桌上。

果然丁晓彤一见就问："这是什么？"

程飞道："日记本。我准备写日记。"

丁晓彤夸张地叫道："写日记？这年头还有几个人写日记啊？何况，就算写，也可以直接写在电脑里，干吗还要用笔写在笔记本上？"

程飞淡淡地说道："写在电脑上，容易被销毁。"

然而"销毁"这个词一出口，程飞脸上的肌肉竟然不由自主地一阵痉挛。因为这让他想起姜科学博士说的"销毁"。

程飞不寒而栗，赶紧转移注意力，扬手叫服务员来点单。

而丁晓彤对于程飞的内心波动浑然不觉，倒是日记本引起了她的兴趣，她翻来覆去地看，嘴里说道："本子倒是非常漂亮。就是，写日记，是不是太老土了？"

程飞点好单，心里一动，接话道："老土？看来我家彤彤相当时尚。对了，你对机器人了解吗？"

丁晓彤先是笑道："什么时候我成了你家彤彤？肉麻！"想了想又说："机器人，当然了解啊！好多领域都有机器人，什么医院的手术机器人、军事机器人、工业机器人，就连我们健身房都有简单的机器人教练。"

程飞道："有没有想过找一个机器人男朋友？"

丁晓彤甜蜜地笑着说："我听说现在已经有机器人伴侣啦，可是我不想尝试。机器人是不会有真感情的。何况我有了你，一切已经足够。"丁晓彤说完，挽着程飞的胳膊靠了过去，一脸幸福。

程飞张了张嘴，却又低下头，什么也没说。

丁晓彤突然触电般从程飞的胳膊上弹起，紧紧盯着他，问道：

"陈寒，你好像有心事。是不是有别的女朋友啊？"

程飞赶紧摇头道："没有，别乱想。"

<h1 style="text-align:center">三</h1>

已是夜里十一点多，两人道别时都有些依依不舍。

程飞对丁晓彤说："有时间我再约你。"

他能看出来丁晓彤抛开了一切的顾虑，只专心享受恋爱，而自己面对这样一份感情却不敢全情投入，他的内心充满了痛苦和挣扎，像被碎玻璃划过一般，隐隐作痛。本来他觉得自己找到了真相就能痛快地和丁晓彤在一起，然而真相却是这样的令人手足无措。

程飞望着丁晓彤的背影，无比纠结心痛。

不只是阵发性头痛，程飞还要跟严重的失眠对抗。

跟丁晓彤道别回家之后，他洗漱上床，却根本无法入睡，索性爬起来写日记。略略思索后，程飞在日记扉页里写下一行字：

写给看到日记的你，每一个"我们"。

他一笔一笔把每一个字都涂黑，然后开始写：

你好！我们有着共同的故事。

故事要从陈寒和丁晓彤说起。他们是一对少年情侣，然而陈寒十八岁时突发心脏病离世，陈寒的妈妈委托 NAMA 公司制造了七个仿生机器人。第一个失败了。我，程飞，是第二个。一共还可能有五个我们，我们都是用陈寒身体里取出的细胞和基因培养制造出来的机器人。

是的，我们虽然有血肉，却只是仿生机器人。

我们都深深爱着丁晓彤。你，看到日记的你，NAMA 公司也许会另外给你取一个名字，也会另外给你编一套假的身世。可是，别忘了真相，你是陈寒……

程飞一口气写到天亮，累得趴在桌前睡着了。

四

自从养成写日记的习惯，程飞总是有意把自己的生活安排得充实又精彩。白天和丁晓彤于大千世界中感悟美好，晚上独自在房间里整理心情，把那一份感触转化成文字，那些须臾间的感慨随着遒劲有力的字迹沉淀在日记本里。

这天，程飞开车带丁晓彤出去散心，无意中找到一个有山水、有桃花的地方，非常高兴。

远远望去，眼前是一片桃红色的花海，微风拂过，有几片花瓣随风飘落，就好像下了一场香甜醉人的桃花雨。置身在桃林中，闭上眼睛静静感受，就好像在饮一杯沁人心脾的清茶。

丁晓彤轻轻牵着一枝桃花贴近脸部，并不折断，拿着手机自拍，有时是自己一个人，有时把程飞也框进去。

程飞道："我帮你摘几朵花插在头发上。这里游人很少，摘几朵花也没关系。"

丁晓彤摇头道："不要摘，我不愿意破坏任何一朵桃花的命运。本来它也许可以结出果实，一摘下，就无法结果了。"丁晓彤的眼睛盯着眼前的一朵桃花，眼里的惆怅显而易见。

程飞道："本来就不是每一朵花都会结出果实。有的花可能被风雨打落，或者被虫子伤害，一样不能结果。"

丁晓彤叹道："反正我不愿意有意去伤害它。"

程飞点点头。

后来的好几天，他都带着丁晓彤去那里转悠，回家后竟然文思如泉，在日记本里写下一篇文章：

生而痴恋

我一直疑惑着，倘若用拟人的手法，这山高水美的桃花峡谷，究竟是明眸善睐、聪明可人的女子，还是情深义重、胸有韬略的男儿？它怎么会引得我和丁晓彤一次一次又一次来到这里？

这时候是农历三月，我和丁晓彤是无意中找到这里的。这里离城区仅一个多小时的车程，而且路修得平整，开车过去很是方便。到了以后，我们住在山脚下当地居民开的客栈里，鸡鸭鱼肉、蔬菜水果，大抵自产自销，这好山好水养出的食物，自然有别样的鲜美甘甜。

如若是在酷暑时节，这里想来应是无比清凉。赤足探入水中，定然每一个毛孔都会顿觉舒畅；若逢天寒，围炉夜话，这桃花峡，可堪称心灵的故乡。

其实以前就听说过近郊有一个地方开满桃花，风景极美，应该就是这里。已经有朋友几次邀请我过去，却不知道什么原因一直不曾行动。直到这一刻，我终于带着丁晓彤来了。可见凡事果然自有因缘。

且看眼前美景，那花不是花，是天上云霞；那水也不是水，宛如山神的酒杯；那水中的石头如此轻盈，好似飞舟；而山中的蝴蝶却化作石头，不再飞走。

这番景象，简直诱使灵魂出窍，四处飘扬，一会儿捕捉到几声鸟鸣，一会儿带来阵阵花香，一会儿发现几段飞瀑，一会儿邂逅几只轻盈的蓝蜻蜓，整个人如同在幻境中游荡。此情此景，教人心神畅快，脑海中不时还有灵感飞溅，欲成诗篇。

　　不知道什么原因，天生是一个容易上瘾的人。喜欢浅酌几杯红酒，不时和三五知己小聚，时光里裁剪出一段又一段清欢；喜欢一个人，就会时时刻刻想着念着，妥妥地放在心上，比如深爱的晓彤。

　　这样执着的人，其实有几分傻。世间万物，千回百转，难免多有变数。痴恋太深，喜欢的事物一旦消散，徒然生出太多烦恼怅惘，甚至痛断肝肠，情何以堪？然而人生一世，尽情尽兴地痴恋一场，总会有更多回味与温暖。

　　回到家中，突然生出一丝懊悔，在桃花峡谷，我们怎么就忘了捡拾一些新鲜的桃花瓣？细细嚼碎了吞下去，或者拿回来泡酒，让它们加入我和晓彤的生命循环。

　　程飞把这篇文章扫描到电脑里，发给丁晓彤看；丁晓彤连连赞赏，说道："程飞，原来你还是一个大才子啊！"

第八章　蜜月旅行

一

这天中午，程飞在办公室里正要准备午睡，突然响起了敲门声。

他打开门，一个瘦小的身影猛扑到他的怀里，紧紧抱住了他。

他惊讶道："丁晓彤，你怎么来啦！"

丁晓彤仰起脑袋看着程飞，娇嗔道："自从跟你在一起，我经常睡不着觉，电量都不足了，想找你充充电。"丁晓彤的发丝拂在程飞的面颊上，洗发水的香气弥漫到了他的鼻尖。

这一瞬间，程飞感受到了怀里女孩儿对自己的感情之深，他用力抱紧了她，嗅着她的体香。

两个人就这样腻了好一阵子，丁晓彤才慢慢离开程飞的怀抱，调皮又得意地笑着说道："这下子电量总算重新满格了。"

程飞开玩笑道："你什么时候成了一台需要充电的机器？"他脱口而出这句话以后，心里突然隐隐作痛。

丁晓彤道："其实人就是一台机器，生物机器罢了。"

程飞突然板起面孔，严肃地问："丁晓彤，我问你，如果我真的是一个机器人，你还愿意跟我在一起吗？"

丁晓彤盯着程飞突然板起的面孔，"扑哧"一声笑了出来："我不管你是什么，我只知道你是陈寒，不管你是鬼是神，是阿猫阿狗，我都要跟你在一起，你跑不掉了。"

程飞看着眼前的女孩儿，眼神里充满了心疼，半晌，他摸了摸丁晓彤的头，说道："要跑就一起跑吧，我带着你一起跑。晓彤，明天起，我带你去度假。我们出去玩半个月，就像度蜜月一样，怎么样？"

丁晓彤眼睛一亮，兴奋地蹦了起来："太好了！太好了！我们去一个安静的地方！"说着，她又一头扎进程飞怀里。

这时候，李可走到了办公室门口，他正准备敲门，看到程飞怀里的女孩儿，手一下子就僵在了眼前。

凭借自己和小美的多次接触，李可一下子就判断出程飞怀里的女孩儿肯定不是小美。程飞这时候看见了门口的李可，身体一僵，顿时有些尴尬。怀中的女孩儿感觉到了他的不寻常，急忙转过头去，两个人对视后就更加惊讶了。

他们同时叫道：

"丁晓彤，是你！"

"李可，是你！"

倒是程飞面带惊愕，因为他只是牢牢记得丁晓彤，别的记忆都很不稳定，比如李可当年也是自己的同学这件事，他就一会儿记得一会儿忘记。

丁晓彤道："李可，这些年，你和乔乔好像失踪了。同学们知道你们结了婚，可是后来再也没有你的消息，想不到在这里遇到你。乔乔呢？"

李可一脸狼狈，似乎不知道说什么好，支支吾吾道："我现在找程总有事，丁晓彤，以后我再跟你说。"说罢，他拿着协议让程飞签好字，然后转身走了。

丁晓彤狐疑地望着李可，但也不便多问。度假的喜悦很快就冲淡了她对李可的好奇。

程飞松了松领带，把胸前的扣子解开了一个："这一阵子我也累得不行，我们明天就出发，好好放松放松。"

丁晓彤兴高采烈地给自己老板打电话请假，打完电话又像牛皮糖一样黏住程飞。李可从门口路过，瞥了一眼甜蜜依偎的两个人，露出无法掩饰的嫉妒神色。他陷入了沉思，表情变得十分复杂，用手机偷偷拍了几张两人的亲密照。

李可赶到 NAMA 公司，在门口见到乔乔，而乔乔只瞥了他一眼就继续低头忙碌起来。于是他走到乔乔身边，看着她的眼睛，非常认真地问："乔乔，你还记得我吗？"

乔乔像丈二和尚——摸不着头脑："我当然记得啊，你来过很多次了，你叫李可啊！"

李可失落地喃喃自语："我可不希望你只记得这些。"

李可叹着气走进姜科学的办公室，顺手把门关上，道："姜博士，你制造出来的程飞已经出现问题了，你自己还不知道吧？"

姜科学看看他，不置可否。李可于是说出了程飞恢复起部分记忆的事。

博士笑笑道："这些我都已经知道了，也不算什么大问题，说不定还会给我们带来新的科研思路。"

李可愤愤不平地问："您有没有办法让乔乔也恢复起部分记忆，我想让她想起我们俩在一起时开心的时光。"

姜科学摇头道："现阶段我无能为力。程飞的记忆是他自己恢复的，我还真是不知道为什么他能够恢复记忆而乔乔却没有丝毫变化。我准备好好研究一下程飞。"

李可垂下头，双手摊在桌上，像是被抽干空气的气球。

二

高速公路上，程飞的无人驾驶车顺畅行驶。

"我们这是要去哪儿呀？"丁晓彤兴奋地问程飞。

程飞侧过头来宠溺地看了看丁晓彤，轻轻摸了摸她的头："遵照美女的意思，去一个安静的地方。到了你就知道了。"

对于纯粹的外出旅游，程飞早已兴趣不大。他以前也带着小美去澳洲和欧洲旅游过。那时候他觉得恋爱中最高兴的事就是出去旅游，但是当他和丁晓彤在一起，他才发现，只要是和她在一起，去哪里不再重要，即使安静地陪着她也那么幸福。

丁晓彤于是不再追问。她安静地看着窗外，忽然发现不知道什么时候开始，路旁所有的树叶都是同一种形状，像一把把小扇子。这个从小在城里长大的女孩子对于植物简直一无所知，有次还闹了个笑话。皮大叔带了一包炒板栗来健身房请她吃，说板栗是他自己亲手从树上摘下来然后亲手炒熟的，丁晓彤竟然大吃一惊的样子道："啊！板栗是长在树上的呀？我一直以为板栗跟花生一样，是长在地里的。"这件事大家笑话了她好久。

这下她不敢随意乱说了，只是赞叹道："这些树叶好漂亮，像一只只蝴蝶，又像一把把小扇子。"

程飞道："这是银杏树，世界上寿命最长的树种之一。等下我们可以看到几百棵树龄一千年以上的古树。"

丁晓彤欢呼道："那太好了！我从来没有看到过活了一千年的

树。一千年啊！想都不敢想。"

这个千年银杏谷是程飞通过互联网找到的，是一处 4A 级国家旅游景点。

程飞决定来这里，不仅仅因为这里符合丁晓彤想要的安静，还因为银杏树引起了他的注意。为什么银杏树竟然可以存活这么多年？而普通人类，为什么仅能存活大约百年？这些问题程飞想不通。但他觉得，跟一种可以长寿的生物待在一起，沾点儿福气也是好的。

千年银杏的树干非常粗，丁晓彤和程飞两个人拉着手都无法把树干合抱起来。

程飞心情格外好，拉着丁晓彤又唱又笑像个大孩子。突然，他恶作剧地起了一个念头，决定跟丁晓彤开个玩笑。程飞说道："我口渴得不行，晓彤你去买瓶水吧！我在这里等你，处理一下手机信息。"

丁晓彤答应着走开去买水。然而等她买水回来，竟然发现程飞不见了。她惊慌失措地到处找，边找边大叫："陈寒！陈寒你在哪儿？"十几分钟过去了，她还是找不到程飞，忍不住哭了起来。这时有人从她背后用手轻轻蒙住了她的眼睛，她把那双手拿开，转头一看，是程飞。

丁晓彤一下子扑到程飞怀里，紧紧抱着他，叫道："你跑到哪里去了？急死我了！"

一看把丁晓彤急哭了，程飞根本不敢说他是跟她开玩笑的，只好说他刚才本来想去找丁晓彤，一不留神就走丢了。恶作剧的念头一下子消失得无影无踪，取而代之的是深深的惆怅和恐惧。程飞不知道自己什么时候会突然在丁晓彤身边消失，而那时候自己留给丁晓彤的只能是无穷无尽的悲伤。

丁晓彤用力捶打程飞的胸口道："你怎么这么笨啊！真是笨死了！"

程飞的心里非常酸涩，他只能拼命告诉自己不要去想以后的事情，专心享受现在的一分一秒。

两人手拉手游玩了一阵儿，丁晓彤突然发现服务区提供一种特殊服务，可以给人拍照，然后把照片直接印到干燥的树叶上，用塑料密封，制作成书签，照片的清晰度非常高。

丁晓彤摇着程飞的胳膊说道："我也要拍嘛！"

两个人请摄影师一口气拍了几十张合影，有近景、远景，有大笑、微笑、嘟嘴卖萌、甜蜜亲吻，也有各自的独照，一共做了二十几张精美的照片书签，还配了银杏木制造的精致小盒子。

"好喜欢这样的照片和书签，太可爱了！"丁晓彤爱不释手。

"这样吧，还是再备份一套我来保管吧！万一你不小心弄丢了，这里还有。"程飞一边帮丁晓彤整理细碎的头发一边说。

他们拿着做好的书签找地方吃饭，居然发现一家银杏主题餐馆儿，茶是银杏茶，酒是银杏酒，饼是银杏汁和面粉烤制的银杏饼，汤也有一道"白果鸡汤"。服务员介绍说白果就是银杏树上结的果实，属于药材，有养生作用，但过量食用会有毒。

丁晓彤吃得津津有味，而程飞却只是象征性地动动筷子，一直慢慢喝酒。

终于，丁晓彤吃饱喝足，靠在程飞的肩膀上说："陈寒，我们要一辈子都这样幸福地在一起，永远也不分开。"

程飞沉默了一会儿，心里隐隐有些疼痛。程飞有时候特别怕丁晓彤太爱自己，怕丁晓彤爱到无法自拔。但是他只能笑笑说道："好，永远不分开。"

丁晓彤喃喃道："一切都美好得像一个梦。"

三

　　归途中，两人在武汉留宿一夜，丁晓彤说要去长江边坐游轮，程飞二话不说立刻带她去。

　　游轮启动的时间和江岸边霓虹灯开通的时间是一致的。大约晚上七点，华灯竞放，溢彩流光，长鸣的汽笛声中，游轮启动了。那神妙莫测的光影和轮船移动带来的感觉令人恍惚。两人包了一间VIP船舱，不带晚餐，仅仅提供零食和茶水，整间舱房的消费标价便是4888元人民币，实在接近古今中外的皇室礼遇了。

　　江风阵阵，游轮静静航行，朝着长江大桥的方向驶去。大桥上也安装了霓虹灯，灯火璀璨，照亮夜空。丁晓彤拉着程飞在船头合影留念，拍了无数照片，活泼一点儿的张牙舞爪，沉静的时候只是安静地吹风。

　　拍过照片之后，因为觉得风太大，两人再朝船舱走去。丁晓彤的头发被吹乱，竟然随口吟道："莫非江风知我意？乱我三千烦恼丝。"

　　甲板上许多人在玩乐，听口音大部分是武汉本土市民，也有不少外来观光客。每个人登上游轮都是有原因的吧！毕竟游轮是这个时代的奢华符号之一。船提供的感受确实很特别，它把人带离坚实的、足可信任的大地，带到一个微微颠簸而不能完全控制的新场所，这样人可以保持适度的警醒，跟在陆地上的四平八稳有所不同。

　　丁晓彤紧紧拉着程飞的手缓缓走过甲板，这对璧人引得许多人投来欣赏的目光。

　　甲板上座无虚席，人们喝酒、吃零食、闲谈，自得其乐。经过他们的时候，丁晓彤听到有人跟随播放器大声唱歌，那旋律如此熟悉，却听不清歌词。她连忙驻足分辨，猛然醒悟这首歌是一首老歌《美丽的神话》。

谁都没有遗忘古老，古老的誓言
你的泪水化为漫天飞舞的彩蝶
爱是翼下之风两心相随自在飞
你就是我心中唯一美丽的神话

那荡气回肠的声韵，一时听得她呆住了。

回到船舱，丁晓彤剥开一只橘子，把两片塞到程飞嘴里，自己也吃了两片，让那酸甜的汁液漫过舌尖儿，缓缓滋养这尘世的肉身。

不知道什么缘故，丁晓彤这一刻想到了生死。

作为个体的人类，既然出生，一定会死吗？有没有别的出路？整体的人类最终去向何方？真的会面临消亡吗？或者，也许人类能够借助科技谱写永生的神话吗？

她望向窗外，突然觉得人类生活的地球也就是一艘游艇。在这广袤的世界里永不停息地航行，不知晓来处，也找不到归程。

她暗暗想着，也许，通过不懈的努力，总有一些愿望会慢慢实现吧！比如长久生存，比如永世相爱。

毕竟，她是一个愿意相信神话的人，而神话也确确实实出现在了自己的身边。

程飞明显感觉到了爱人的沉默，他把她紧紧搂在怀中，脸颊贴着她的头发，和她一起沉默着。

回到家里，程飞把这次出行写成日记。幸福的现实令他无比留恋，他甚至想要和丁晓彤结婚。然而一想到自己随时可能功能衰竭被销毁，他又痛苦万分。

好不容易写完日记，他拿出一张银杏叶合影书签，夹在本子里。书签上，程飞微笑着望向镜头，丁晓彤面朝着他，双目微闭，亲吻他的脸。想了想，他又放了一张丁晓彤的独身照，这张照片是近景，一眼就能认出她来。

这次旅行过程中，程飞的状态很好，竟然从头到尾都没有头痛过。

临睡前，程飞收到姜博士的消息，说是第二天上午可以带他去看机器人制造的过程。于是整个夜里，程飞辗转反侧，似乎一天的好心情一下子被冰封冻结。

他知道明天将会比他想象的还要漫长。

第九章 铁与冰

一

上午九点，博士带着程飞来到了 NAMA 公司的机器人仓库。

仓库里气温极低，需要穿特制的银色保暖衣服才可以进入。里面是一个巨大的立方体空间，给人一种极其奢华而高科技的感觉。地板是透明的，四周都是黑白相间的墙壁，大约有几百具机器人被放在这墙壁上不同的格子里。

传送带上，一具机器人从格子里被提取了出来，通过输送带，运到了工作台上。

一个戴着面具、全身穿着隔离服的工作人员来到了机器人盒子旁边。

这个机器人被放在了一个全部是水的长方形透明盒子里，盒子上方有许多管道连接着一个巨大的机器。这个巨大的机器用来给机器人提供氧气和营养。

博士道："我们是东南亚唯一的经销商，这是一个泰国客户订的货，他马上就要被生出来了，然后就会被送往泰国。"

博士絮絮叨叨地解释，说是他们的机器人确实太贵了，全世界能够定制的人不多。还说程飞运气好，他提出要求不但得到总部同意，还马上就恰好有机会。

程飞笑着道谢，低头仔细看盒子。这个盒子上显示的数字是 -37 度，程飞想起了自己经常做的那个梦，喃喃道："零下 37 度……我梦到过这个数字。"

博士解释道："这是冷冻机器人的温度值。没想到这个数字竟然会在你的梦里重现……你知道科学最大的魅力是什么吗？就是永远都隐藏着你意想不到的黑暗，那些神奇的、神秘的东西以及无数不解之谜就躲在那个黑暗里，让我为它们沉迷。"

程飞疑惑地问："你说的这个黑暗，就是人的大脑？"

博士看看四周，答道："是意识。你身上发生的事情，让我想起一句话，生命是有限的，意识却可以永生。意识比你我想象得更强大，有着无尽的能量。我们复制了 DNA，制造了新的肉体，却无法控制意识的转移。意识无法触碰，它是无穷的、无边的。"

这时一个戴着消毒面具的工作人员打开盒子，一个巨大的吸管抽空了盒子中的所有液体（羊水）。机器人露出了水面，肚脐上连着一根长长的管子（如同胎儿的脐带），工作人员把肚脐上的管子剪断，接着把一个吸真空的吸管塞进机器人的嘴里，口腔中的"羊水"被吸了出来之后，伴随着一阵急促而剧烈的呼吸和咳嗽声，机器人被激活了。他慢慢地睁开了眼睛，一具成年人的身体，却有着婴儿般纯净的眼神。

程飞看着眼前的场面，他知道自己诞生的过程就和这个人一样，心中百感交集。沉默很久，程飞道："如果我突然死了，博士，我还有一个请求，希望你可以帮我。我希望下一个我，可以带着陈寒的意识生活下去，这样他的生命才会有意义。"

博士沉默了一阵儿，说道："既然你有记忆，那么你的后来者恢复记忆的可能性是非常大的。但我不能百分之百承诺你，关于记忆恢复的课题，我们还没有破解。"

程飞道："总之，拜托你尽力而为。"

被激活的机器人由人领着，穿上衣服，大脑被植入芯片，他瞬间学会了说话，而且脸上的表情也起了变化，一副高深莫测的样子。

程飞低声叫道："这个人好面熟啊！"

姜科学道："有可能面熟，因为他是一位名人的替身。"

程飞问："名人替身？要替身干什么？"

姜科学笑道："替身用处太多了。你自己去想吧！"望着机器人被工作人员领出去，姜博士转头对程飞道："你不是要看看其他五个你自己吗？跟我来。"

程飞赶紧跟上去。到了一个被特意隔出来的空间里，博士扭头解释道："这里是我们的VIP客户厅。看，那边五个全是你。"

博士说着，自顾自走过去，程飞赶紧跟上。

呆呆地看着浸泡在液体里的五个一模一样的人，程飞的心脏突然有些不适，但他强忍着，没有表现出来，只是问："如果，我是说如果，有人把电源切断，然后冰棺里面温度慢慢上升，升到一定的程度，里面的人会不会自己复活？"

博士道："通常不会。我们也不可能让温度变化，因为那样可能导致故障，机器人可能无法被激活。所以我们的仓库是戒备森严的。"

但程飞还是禁不住打了一个寒噤，他继续问："博士，第一个陈寒为什么没有被激活？你们找到原因了吗？"

姜科学摇头道："没有找到确切的原因。"

"那是否剩下的这五个中也有不能被激活的？"程飞的脑子里有无数个问题等着博士　回答。

　　姜博士愣了愣，答："有可能。不过，我们的技术还是在不断进步，情况应该会更乐观一些。"

二

　　跟姜博士道别后，程飞表情沉重地回到办公室。

　　这时候李可闯了进来，他把两手撑在程飞的办公桌上，双眼通红，低头质问道："程飞，你究竟是怎么恢复记忆的？你以前不是一直很爱小美吗？怎么突然就重新爱上了丁晓彤？"他的态度已经没有了平常的恭敬。

　　程飞怔怔地望着李可，很诧异他突然像变了一个人一样，紧接着虚弱地说："我现在需要休息，改天再跟你交流。"

　　李可听了这话，狠狠地甩门出去了。

　　程飞被李可刚才的举动吓得惊呆了。李可不仅对工作极端认真负责，而且平时对自己态度也比较尊敬，私下也是不错的朋友。即使以前二人有过工作上的小纠纷，他也会平和耐心地跟自己沟通，从来没有用这种态度对自己说过话。

　　不过这时候程飞没有时间思考李可的异常表现，他现在有更重要的事情去做。他着手把公司的核心秘密和技术整理成一个命名为DXT的文件包，并设置了密码。DXT就是丁晓彤姓名的首字母，这样方便识别。他还通过互联网把一笔不菲的资金转到另外一张他很少使用的金融卡里，并设置了密码。回家之后，他把这一切写在日记里，透露给自己的后继者。

　　忙完这件事，程飞伸了个懒腰。这时有人急促地朝他的办公室跑过来，一把推开门。

来者竟然是好久不见的小美。

程飞一时回不过神来，问："小美，你怎么来了？"

小美满脸的怒气，胸口不停地起伏着，说道："李可告诉我，你要结婚了！"

程飞连忙否认道："没有啊！完全没有的事！"他确实还没有决定要跟丁晓彤结婚，只是动了这个念头而已。

小美把几张打印出来的图片甩在程飞的办公桌上。程飞一看，竟然是丁晓彤来办公室要求"充电"那天的情景，照片中的丁晓彤依偎在程飞胸前，脸上的甜蜜显而易见。

程飞惊讶地问："你哪儿来的图片？"

小美大声道："你管我哪儿来的！"

程飞想了想，眉头绞在一起，有些不悦地问道："你监视我？"

小美恼怒道："我哪儿来的那份闲心监视你！是李可给我的。"

又是李可！这个李可要干什么！程飞恼怒地想，但他需要先安抚小美。于是他站起来给小美倒了杯温水，递了过去。

小美气鼓鼓地把头转开，不肯接。程飞于是把水放在小美面前。

沉默了一阵儿，程飞问："小美，能说明你的来意吗？"

"我不想跟你分手！"小美斩钉截铁地说道。

"可是不是你说的分手吗？你不是觉得我活得特别假吗？"程飞道。

"我是赌气的！而且我们交往一年多，你从来没有说过要跟我结婚！你根本不够爱我！为什么现在出来一个叫丁晓彤的女人，你就要跟她结婚？丁晓彤是谁？"小美连珠炮似的喊叫起来。

"小美，冷静！我们分手好几个月了，你从来没有找过我啊！"程飞无辜地说。

"你也没有找过我呀！我觉得这种事应该男人更主动！"小美哭得更凶了。

"可是有一次，我明明看到你有新的男朋友了。"程飞温和地说。

"那只是一个认识了很多年的普通朋友啊，反正我不想跟你分手！"小美任性地叫道。

程飞突然对小美的大吵大闹感到非常厌倦，他冷冷地说道："小美，我想我们从来没有真正相爱过，我们还是分手吧。"

小美盯着程飞，突然火了，抓起桌上的水朝程飞劈头盖脸泼过去，叫道："你的意思是你从来没有爱过我，你一直爱的都是那个叫丁晓彤的女人是吗？"

程飞狼狈地拿起桌上的纸巾给自己擦拭。小美自知太冲动，后悔地低下头。

程飞的动作突然慢了下来，然后抱住自己的头，大叫："头疼……好疼啊！"

小美看着他痛苦的样子，吓坏了，扑上来叫道："程飞！对不起，我不是故意的！"

程飞挣扎着拨通了朱明珠医生的电话，朱明珠的声音在电话里响起来："你好，程飞先生！"

程飞喘息着说："我，头痛发作了！"话音一落，他就晕倒了。

电话仍然是接通的，朱明珠叫道："不要动，给我地址，我马上过来。"

小美慌慌张张地把地址报给了朱明珠，接着便吓得坐在了地上。

| 第十章 | 去意徘徊

一

程飞终于醒了过来。

当他艰难地睁开眼睛时，看到的是朱明珠微笑着的脸庞。她穿了一件蓝白相间的衬衫，底下是一条黑色阔腿裤，看起来很知性。小美坐在一旁，卷发垂在耳边，她的脸上挂着泪痕，眼部的妆容有点儿花。

"你终于醒了。"朱明珠温和地说道，她永远都是这副波澜不惊的样子，好像没有什么事情可以让她的情绪有很大的起伏。她临时采取紧急措施，把陈寒接到诊所，小美也跟了过来。

程飞躺在病床上，脸色有点儿发青，他艰难地转过头，盯着朱明珠问："你什么都知道，对吗？"

朱明珠沉默着，没有承认，也没有否认。小美赶紧站起来，欠了欠身，脖子上施华洛世奇的项链来回晃动着，闪烁着耀眼的光芒。她的眼神里充满了歉疚，说道："我错了，我错了，对不起，程飞。"

程飞轻轻推开她的手，叹息道："不，小美，你不用道歉。其实你没有做错什么。"

"我错了，我不该拿水泼你，弄得你晕倒了。"小美真诚地看着程飞，本来就水汪汪的大眼睛在睫毛膏和眼线的装饰下更加漂亮了。

程飞用看小孩儿的眼神看了她一眼，哭笑不得："我晕倒是别的原因造成的，一杯水都能把我弄晕，那我不是成了纸片人？"

小美没话说了。

程飞转头对着朱明珠问道："你一直知道我是一个机器人，而且是那种非常窝囊的机器人，对不对？"

朱明珠避开程飞的视线，还是不说话，小美的眼睛瞪得老大："什么？你是机器人？"

程飞苦笑，对小美说："小美，你先回去，我现在没事了。好多事情，我现在也不知道该怎么跟你解释。你回去吧，以后我再找机会跟你说清楚。现在我需要单独面对朱医生，只有朱医生可以对付我的病。"

小美一下子又恢复了往日的刁蛮模样，执拗地说："不行，我要你给我说清楚。"

程飞有点儿无奈地说道："一下子说不清楚，跟我分手是你最好的选择。"

小美有点儿气急败坏，冲着程飞喊道："程飞，你休想甩开我！"

程飞无力地答道："不是，我不是想甩开你，而是……算了，我不知道如何解释。"

此时的程飞只觉得心好累，他实在不愿意去跟小美解释这么复杂的事情。他突然觉得小美有些不可理喻，每一次跟他吵架之后就闹脾气甩脸子，娇气又任性，一点儿也不替自己考虑。

脑海中氤氲的记忆携带着心口积攒的怒气一下子冲到了程飞的眼前。

　　记得有一次，小美过生日，正好赶上了公司很重要的一个会议，所以程飞没有办法陪伴她。小美为了这件事情一个星期没有理程飞，微信不回，电话不接。

　　还有一次，程飞带着小美去见自己的朋友，他们俩在饭桌上因为一件事情吵了起来，小美当众就怒气冲冲地回了家，丢下程飞一个人在那里，一点儿也不给他面子。

　　程飞突然诧异自己怎么会和这样一个刁蛮任性的大小姐在一起过了这么长时间，他突然觉得心力交瘁，对小美仅有的愧疚也消失了。

　　这时朱明珠对着小美开口道："我是医生，这里是诊所，请你尊重病人的意思。"她的语气不急不恼，却透着一股子震慑力。

　　看看程飞，再看看朱明珠，小美拿起包，气鼓鼓地走了，高跟儿鞋踩在地上发出"嗒嗒"的声音。

　　程飞望着小美的背影，神色黯然。他转过头来，发现朱明珠用探询的眼光望着他，于是解释道："这是我前女友，她听别人说我要结婚了，就过来找我闹，死活要跟我复合。"

　　朱明珠惊讶地问："结婚？"

　　程飞敏感地反问："你觉得我不适合结婚？"

　　朱明珠沉吟道："NAMA公司生产的机器人确实有结婚的例子，但是很少。"她说着，意味深长地望着程飞，然后道："程飞先生，恕我直言，你的存活期已经超过十年，而且状况是真的非常不好，随时可能出现意外。"

　　程飞忽然自己坐起来，大叫道："为什么会这样？为什么要给我安排一个这样的命运！我宁愿自己是一个真正的机器人，什么也不记得，什么感情都没有。要么就是一个正常人，人生百年，儿女成群！"

朱明珠道："关于生死，很少有物种可以自己掌握命运。你现在需要想清楚到底还有什么重要的事情没有做好安排，冷静一点儿。"

程飞痛苦地捂住自己的脸，说不出话来。

过了好一阵儿，程飞才平静下来。他轻声问道："朱医生，我究竟还能活多久？"

朱明珠叹气道："这个真的没有办法回答。NAMA 公司目前生产的这个领域的机器人性状是不稳定的。人体仿真是最复杂、最微妙的技术，何况，每个仿真人还携带着本体的基因，千差万别，真的没有办法确定。依目前的情况来看，有刚刚激活就发生故障而报废的，有活了一年到几年的，迄今为止寿命最长的一个存活过了十五年，但是现在已经被销毁了。"

程飞问道："那决定销毁的标准是什么？比如，刚才我昏迷的时候，有可能被销毁吗？"

朱明珠道："你的后脑有一小块区域，用红外线照射是会有反应的。当它透明的时候，说明你的健康状况很好；当你彻底失去意识，它会变成红色。当彻底变成红色时，芯片会自动发信号给公司，公司会根据导航顺利找到你，接你回去……"朱明珠用一声叹息代替了后面的内容。

程飞知道朱明珠是有意没把一个词说出来，那就是"销毁"。接回去销毁！他害怕地抱住自己的头问："那，我现在是什么颜色？"

朱明珠道："刚才我已经检查过，是橙色。通常情况下，显示橙色，就已经是在报警。所以我说你随时可能有危险。"

程飞颓然地把手放下，问道："朱医生，能否给我一些建议？就是说，假如你是我，你会怎么做？"

朱明珠摇头道："这个因人而异。假如我到了生命的最后时刻，应该是和自己最爱的人在一起。"

程飞摇头道："可是，这样对我爱的人不公平。她会很伤心的。"

朱明珠微笑道："你的话也有道理，所以说因人而异。人世间有的事确实有利有弊，看你自己如何取舍。"朱明珠说着，从她的档案柜里取出一张照片，走过来。

程飞目不转睛地盯着朱明珠的一举一动。他有预感，她拿出的是一样跟自己关系密切的东西。

二

朱明珠用两只手举着照片问程飞："这个人你认识吗？"

程飞仔细辨认着，犹豫着说："很面熟，一下子记不起来。让我想想。"他眼睛一眨不眨地盯着照片上的中年女人，她有着烫过的披肩发，明亮的眼睛里似乎有淡淡的忧伤。

"哦，想起来了，她是我的一个客户，几年前曾经到我办公室签约。整个业务我们是通过网络谈妥的，算是一个大单，给我的公司带来了不错的利润。她只是签约的时候出现了一次，我还请她吃过饭。"

朱明珠问道："你只记得这么多吗？只记得她是你的客户？"

程飞揉揉脑袋，叹息道："哎呀，头还是有点儿痛。我只记得这么多，能够记起她来已经很不错了。"

朱明珠把照片交到程飞手里，道："你再好好看看。"程飞看了一眼，摇摇头，把照片递还给朱明珠。

朱明珠认真地说："她是你妈妈。不，准确地说，她是陈寒的妈妈。"

程飞惊讶地说道："妈妈？可是姜博士说陈寒的妈妈自杀了！"

朱明珠说："没有，你妈妈还活着，她在欧洲。这是只有我才知道的秘密。"

原来韩一梅知道即使取出陈寒的基因做成仿真机器人，机器人也通常不会有以前的记忆。所以她以谈业务的身份跟程飞交流，而且亲自到过一次程飞的办公室之后，就没再出现过。毕竟，儿子不认识自己，对于一个母亲来说无论如何也不是令人愉悦的回忆。但是她要求朱明珠设法在程飞的办公室里装了摄像头，她即使远在欧洲，也可以经常看看程飞的动向。这一切程飞本人并不知情。

解释完这些情况，朱明珠问："你愿意见她吗？我可以通知她来看你。如果知道你恢复了部分记忆，她应该会很高兴的。"

没想到程飞沮丧地摇头道："以前的记忆，我恢复的基本上都是跟丁晓彤有关的。很可能是因为临终的时候，我是跟丁晓彤在一起的。关于妈妈，我真是还没有记起来。何况你不是说我随时可能失去意识吗？如果她赶过来，我已经失去意识，不是更糟糕吗？算了，看看以后的陈寒有没有可能记起妈妈吧！你把我妈妈的地址写给我就好。"

朱明珠点头道："好，我尊重你的决定。"她收回照片，把韩一梅的地址写下来递给程飞。程飞想了想，也写下一个地址交给朱明珠，道："朱医生，拜托您一件事，如果我失去意识，请把这个地址交给新的陈寒。希望这个地址可以派上用场，备份一份也是好的。"程飞做事喜欢备份，有 B 计划才能令他安心，不管 B 计划能否派上用场。

朱明珠点点头，把纸条收入了陈寒的档案袋。

又休息了一阵儿，程飞回到家里。他把地址抄进本子，加了一句话：这是妈妈韩一梅的地址。

整个夜晚，他坐在家里思索着最近得知的事情，丁晓彤找他的时候，他说他这几天比较忙，忙完了再去找她。

沉浸在幸福里的丁晓彤并没有多想，愉快地答应了。

天亮的时候，程飞突然想到一个自认为不错的办法。

他去丁晓彤住的那栋大楼租了一个新的房间，租期是十五年。他把其中一本日记本放在这个新房间里，再把复印件在汽车坐垫下、公文包里和办公室抽屉里分别藏了一份，尽可能确保他的后继者可以找到。完成一切后，程飞又想起了什么，把办公室抽屉里的本子换成了一个空白的。

签好租房协议，一切办妥之后，天已经黑了，按理说丁晓彤应该回来了。程飞去敲她的房门，希望给她一个惊喜，然而却无人应答。

敲了好几遍门，一点儿动静都没有。

程飞忍不住一阵怅惘，也打不起精神再联系丁晓彤，独自回家了。

| 第十一章 |　　别了，我的爱

一

程飞一遍遍敲丁晓彤的家门时，丁晓彤正在指导她的老客户皮大叔进行形体训练。

皮大叔因为出差，提前跟丁晓彤调整了一下训练时间，这次训练安排在晚上进行。当程飞去找她的时候，她恰好在加班。

丁晓彤做梦也想不到，这一次加班，竟然剥夺了她和程飞见最后一面的机会。当然，程飞也无法预知他第二天竟然就要迎来自己的末日。否则，那时候的他哪怕拼了命也会设法联系丁晓彤的。

大叔全身正压在一个球上做平板支撑，丁晓彤有些心不在焉。

大叔悄悄观察着她，然后说："丁教练应该是谈恋爱了吧？"

丁晓彤愣了一下道："你有一双火眼金睛。"而后她用手推了一下大叔的啤酒肚，道："这里，抬高。"

大叔努力吸吸肚子，收了收腹，兴致盎然地讲了他自己年轻时候的故事。

二十二岁那年，皮先生当兵回来被分配到灯泡厂，根正苗红，再加上面如冠玉又玉树临风，简直跟现在的当红小生彭于晏一模一样。厂里有一个叫小静的姑娘。皮先生第一眼看到她，那颗心就被她拿下了。偏巧小静对他也有意，她看他时，小眼神里都洋溢着甜蜜的气息。更巧的是恰好有人牵红线，要把小静介绍给他处对象，可他呢，竟然大义凛然地拒绝了他非常喜欢的小静姑娘。

他明明是非常喜欢她的！竟然眼睛都不眨地拒绝了。

丁晓彤惊讶地问："为什么？"

大叔道："我告诉她的理由是，她身上有小资产阶级作风，我看不惯。"

丁晓彤乐了："哈，原来你们那个年代，就怕小资。我们可是非常喜欢小资呢！"

大叔叹气道："其实这个理由是拿来骗人的，真正的原因是因为我自卑。小静有一天送了我一张黑胶唱片当礼物，我不知道怎么使，放在家里，我妈就给拿来当锅垫了。我觉着我没法和她一块儿生活，怕被她看穿，丢不起那人。这天底下，凡是不肯跟喜欢的人在一起的，只有一个原因，就是自卑。"

丁晓彤好奇地问："那后来呢？"

大叔道："后来？自从小静嫁人以后，我开始努力折腾，学习啦，交更优秀的朋友啦，慢慢就越来越自信。后来我还下海了，也开始听黑胶了，还开始收藏古典 CD，喝起了红酒，抽上了雪茄，长出啤酒肚，见着喜欢的姑娘我都敢表白。'自卑'这个词从此以后再也没在我的生命中出现过。"

大叔说着长长叹了口气。

丁晓彤忍不住问："小静后来过得好吗？"

大叔摇头道："小静姑娘也没再出现过，她好不好我不知道。"

两人聊着，丁晓彤突然发现皮大叔竟然坚持了五分钟，已经破了他的平板支撑纪录，于是说道："不错不错，今天又产生一个新纪录。"

大叔骄傲地一翻身，从地上爬起来，乐呵呵地说："这么多年过去了，回想起小静，整个人好像都年轻回去啦！"

丁晓彤也很高兴，因为程飞已经约了她第二天下班之后一起去老地方吃大餐。

只是她完全没有料到，程飞竟然失约了。而且，在她看来，他还失踪了。

二

历史原来真的会重演。

第二天下午，程飞坐着他的无人驾驶汽车，在目的地附近停下来。

程飞下了车，车门自动关闭。

抬脚才走了两步，突然眼前一阵天旋地转，程飞觉得自己的脑袋痛得好像要炸开。有了以前的发作经验，他连忙抱住脑袋，重新回到车里。坐在自己车里比在外面更安全。

剧烈的疼痛一阵一阵袭来，程飞捂住脑袋，疼得发不出声音。

程飞一边与自己的头痛对抗，一边不时看一眼餐厅门口。

丁晓彤终于出现了，她的脚步像装了弹簧一样轻快。

程飞用尽全力叫道："丁晓彤！"然而他的声音发出来还是微不可闻。别说是几十米外，就连从汽车旁边经过的人也听不见。

他又挣扎着叫了几声："丁晓彤！丁晓彤！丁晓彤！"

丁晓彤进门之前，不知道是有意还是无意，竟然停下来往自己身后看了看。

程飞的眼睛猛地亮了起来，他以为丁晓彤听到了他的叫声。

然而丁晓彤只是往身后望了一望，转身便毫不犹豫地进了餐厅。

程飞的身体完全无法动弹，绝望地又叫了两声："丁晓彤！丁晓彤！"

根本无济于事。

"晓彤，请你原谅我……"

慢慢地，程飞再一次晕过去，趴在汽车的方向盘上。

偶尔有路人走过，瞥一眼程飞和他的车，通常会认为车里的人睡着了。

几十米外的餐厅里，丁晓彤一直默默等待着，她提前二十分钟就到了。她拿出小镜子，重新补了补妆，擦擦粉底，涂涂口红，看起来心情特别好。超过约定的时间二十分钟之后，她的表情开始变得焦急起来，她不时拨打程飞的电话，电话是通了，却一直无人应答。

她紧紧盯着餐厅的入口，心里对自己说，再等半个小时，如果程飞还不来，她就去找他。她实在想不明白会有什么事情让他失约，连个交代都没有。临时有事去外地？在进行重要的谈判？被人缠住了？她胡思乱想，找不到头绪。

然而半个小时之后，她还是没有等来程飞，丁晓彤改变主意，自己点了一大桌子的食物，牛排、甜品、水果沙拉、酒。她默默往嘴里塞，一直往嘴里灌，吃着吃着，她的喉咙突然哽咽，泪水就这样一直往下流。她一边哭一边吃，看起来狼狈极了。

为什么？为什么程飞没有来又不接她的电话？难道他不要她了？

丁晓彤回想起两个人相处的时刻，他们在一起的时候是那么甜蜜开心。可是为什么程飞这次没有来？

丁晓彤又陷入了恐慌中，她有预感，这次程飞又要像那次长跑一样，彻底消失在她的生命里了。丁晓彤的手十分冰冷，然而更加冰冷的是自己的心。她感觉自己前一段时间都在做梦，而现在梦醒了，一切又回到原点。也许有些人注定不是属于自己的，怎样争取也得不到。

但是她还是一直在那里等待着，也许是抱着侥幸的心理。她总觉得程飞会突然推门进来，然后大大咧咧地笑着说："哎呀！刚才有个特重要的事耽搁了，我给你买了礼物赔礼道歉！"但是她等了很久，什么都没有等到。

就这样，她一直等到了所有客人都走光。

夜里两点，餐厅打烊了，服务员走过来，礼貌地说道："小姐，很抱歉，我们要下班了。"丁晓彤呆呆地站起身，垂着头走出餐厅，却压根儿没有看到程飞的车和晕倒在车里的程飞。

慢慢地，程飞后脑勺的一小块地方，亮起了红灯。

半夜，NAMA公司派出一辆商务车，工作人员根据导航系统的指引，找到程飞，把程飞和他的车一起拉回公司。

从此世上再无程飞。

三

李可来到自己的办公室门口，习惯性地往程飞办公室瞟了一眼，愣住了，丁晓彤一个人站在门口，茫然地盯着他。她身后的门是关着的。

逃跑不礼貌，假装没看见不可能。

李可挠了挠头，扯起嘴角对着丁晓彤点点头，他已经预感到事情有些不妙。

丁晓彤一步一步朝他走过来，眼神直直的，脸色非常不好，显然一夜没睡，而且心事重重。

李可先发制人道："丁晓彤，你这是怎么了？"

丁晓彤语无伦次道："程飞他不接我电话，他失约，放我鸽子，怎么回事？他在哪儿？"

李可愣住了。虽然他还没有接到NAMA公司关于程飞的消息，但心里已经明白了八九分。他打开自己办公室的门，对丁晓彤说："我也不了解情况，来，先到我办公室坐。"

丁晓彤坐在李可办公室的沙发上，开始的时候只是木木地发呆，后来眼圈渐渐泛红，泪水夺眶而出。

李可有点儿手足无措，连忙说道："你别哭啊！我帮你去问问。"他想安慰一下丁晓彤，又不知道从何说起，索性跑了出去。

李可给姜博士打电话，这才明白程飞已经被销毁了。

姜科学在电话里说道："李可，这两天你来趟公司，接受你的新任务吧！下一个陈寒，我们叫他陈三好，准备继续交给你监护。"

李可答应下来。然而该如何跟丁晓彤说清楚，他却犯愁了。

究竟给丁晓彤一个什么样的交代？说程飞死了？可是到底怎么死的？尸体或者骨灰呢？说程飞和另外一个女朋友去了国外？那究竟是哪个国家？丁晓彤认死理儿，说不定真去找，那不是把她害苦了？说程飞失踪了？现在就这么说丁晓彤会相信吗？最后，李可决定告诉丁晓彤，就说公司出现了紧急情况，程飞出差了。先稳住她再说。

然而当李可回到自己的办公室，发现小美也来了！

丁晓彤和小美都坐在沙发上，没有说话。丁晓彤已经止住了哭泣，小美也是心事重重的样子。看起来她们都没有精力去搭理对方，也就是说，她们应该彼此不知道对方的身份。

李可不禁暗暗在心里叫苦。

正当李可转身想逃避的时候，小美一眼看到他，大叫："李可，程飞到哪里去了？"

一听到"程飞"两个字，丁晓彤如同触电般紧紧盯住小美不放，并且问道："你是谁？"

小美高傲地仰起下巴反问："你又是谁？"突然，她明白了什么，于是说道："我知道了，你是丁晓彤。"

丁晓彤警惕地问："你怎么会知道我的名字？"

小美淡淡地说："我不会告诉你。"她不打算出卖李可。她认为李可把丁晓彤和程飞的照片拿给她，是一种好意。

李可赶紧趁机溜走了。

两个女人之间的空气仿佛冻结成冰。

丁晓彤惊讶地问："你怎么会知道我？你究竟是谁？"

小美冷笑道："我叫罗小美，我才是程飞的正牌女友。"

丁晓彤愣住了，程飞竟然另有女友？她责怪自己那么快就进入了热恋状态，竟然不问问这十二年里程飞都发生了什么变化。

小美低着头玩着手机，似乎根本没有把丁晓彤放在眼里，过了一会儿，她拿出小镜子，开始补妆。

丁晓彤仔细端详着小美，小美个子高挑，身材玲珑有致、鼻梁高挺，嘴唇是时下最流行的那种微笑唇，栗色卷发随意地搭在肩膀上。她的裙子是粉色的，勾勒出她曼妙的身体曲线，性感的锁骨在她均匀的呼吸下若隐若现。她竟然能把这样略显俗气的颜色穿出少女的粉嫩感觉。她的包和鞋子都是当季最新款，浑身上下透露出一股不食人间烟火的精致感。

望着这个明显比她年轻好几岁而且时尚漂亮的女孩子，丁晓彤突然产生了皮大叔说过的自卑的感觉。她低下头喃喃道："可是，程飞不见了。"

看到丁晓彤失魂落魄的样子，小美突然生气了，一直以来她都认为自己是足够配得上程飞的，内心深处的那种优越感和占有欲让她无法忍受有别的女人在程飞身边，更无法忍受和这样的女人坐在一起！她咬牙道："算了！我本来就已经跟程飞分手了，也懒得跟你争了。这个程飞，神经兮兮、莫名其妙，他还说他自己是机器人。我发誓从此会彻底放弃他！"

"什么意思？你说程飞说自己是机器人？"丁晓彤惊讶地问。

"对！他是这么说的，还说以后再慢慢告诉我！我今天本来是来要个说法的。现在一想还是算了，管他是真人还是假人，是机器人还是外星人，反正我已经不在意了！"

小美说完甩门而去。

丁晓彤仍然呆呆地坐在那里，她怎么也想不明白究竟发生了什么事。

| 第十二章 | 　韩一梅

一

　　在阿尔卑斯山脉深处一个不太引人注目的山谷里，有一片银灰色的建筑群落。

　　这个建筑群警卫森严，不仅安装有 360° 无死角的电子监控系统，还有专业保安 24 小时巡查。

　　建筑群中的一间办公室里，一个看起来只有四十岁左右的中国女人望着窗外发呆。事实上她很快就要迎来自己的六十岁生日。

　　这是韩一梅，陈寒的母亲。

　　她曾经是一名医生，然而身为著名的主治医生，竟然眼睁睁看着自己的丈夫和孩子相继因病去世，从此她决定另找出路，对当医生不再有憧憬。想想看，医生连自己至亲的人都治不好，又如何去治愈别人？

　　这个时候她已经怔怔出神了好久，终于叹了口气，转头把目光锁定在自己的电脑屏幕上。电脑屏幕上正播放程飞和丁晓彤在办公室里拥抱的视频，连声音都听得清清楚楚。

他惊讶道："丁晓彤，你怎么来啦！"

丁晓彤仰起脑袋看着程飞，娇嗔道："自从跟你在一起，我经常睡不着觉，电量都不足了，想找你充充电。"丁晓彤的发丝拂在程飞的面颊上，洗发水的香气弥漫到了他的鼻尖儿。

"丁晓彤。"韩一梅喃喃念着这个名字。她记得，丁晓彤是她儿子陈寒的女朋友。

他们俩是谁找到谁的？难道说，程飞恢复了关于陈寒和丁晓彤的记忆？韩一梅有些困惑。既然程飞记起了丁晓彤，说不定也能记起她，韩一梅对此抱有一丝侥幸心理。

十年前处理完跟陈寒有关的所有事情之后，她发奋苦读。目前韩一梅的身份是联合国支持的某个人类基因工程研究机构的科研人员。这家机构代号为 AI2929，在延缓衰老、人类特别生殖两个领域取得了突破性进展。韩一梅本人就是延缓衰老系统技术的受益者，因而从她接受这套系统开始，每天坚持锻炼，即使年华流逝，她的容颜似乎一直保鲜，不再衰老，始终是年轻时的模样。

无龄美女、冻龄，在她看来，确实是可以实现的。

是时候回国一趟了。恰好她要到中国去回访一位通过他们机构的特殊技术生下孩子的家庭。

现阶段他们沿用的还是类似试管婴儿使用受精卵育儿的技术，韩一梅坚信，不久的将来，AI2929 机构可以提取一对情侣任意部位的身体细胞，孕育一个婴儿。

科技的发展使得生命的诞生方式变得多样。中国国内一家基因机构的董事长已经放言："可以用化学合成任何生命，人造生命的发展将比人工智能的发展更快。"

人造生命，用技术造人，这一切听起来多么疯狂。难道真的能够实现？这不就是古人所说的"无中生有"吗？想象一下吧，把一堆毫无生命特征的化学物质放在一起，启动某个设备，然后就走出来一个活生生的人。这简直是科幻大片，是神话！

当然，这种可能性也不是没有的。

韩一梅之所以能够保持健康年轻的状态，是有秘诀的，不能仅仅归功于实验室研发的药物。

其实她一样经历过身体的报警状态。只不过她收到并且读懂了，而绝大多数普通人熟视无睹。

比如说指甲。健康的指甲呈现粉红色、光滑明亮。韩一梅某天突然发现自己左手的大拇指指甲有一块芝麻大小的白斑，她突然明白自己身体的某个部位正在被微生物侵袭，白色斑点是人体的免疫细胞和微生物激烈斗争同归于尽的结果。

此外，体表的斑点、痘痘，都在显示身体的局部健康正受到挑战甚至威胁。还有，头发也充满了显示身体健康程度的密码。比如过早白头，比如脱发，比如发质毛躁容易断裂，比如头发干枯没有光泽，这都是健康状况不够好的预示。

韩一梅于是更加高度重视健康，在服用药物的同时，结合使用一些中国传统的养生方式，良好的效果自然显示出来。

二

处理好手头事务回到中国，韩一梅最先得到的是坏消息，二号陈寒——程飞前些天已经失去知觉被销毁。

在朱明珠的诊所里，听完朱明珠的介绍，韩一梅翻着程飞的档案，失神地说道："我来迟了！"

朱明珠很遗憾地解释道："主要是，程飞恢复的只是部分记忆，跟您有关的部分他记得不多，"说着，她用略带安慰的目光看了一眼朱明珠，"呃，诚实而准确地说，他几乎不记得。而且，他一开始恢复记忆的时候就反复头痛。我事先没有得到您的要求，后来也没有能够得到程飞的同意，所以不便及时告诉您，真是抱歉。"

韩一梅喝了几口水，苦笑着说："没关系，我没怪你。但是如果陈寒的后继者恢复他的生前记忆，一定要告诉我。"

朱明珠默默点头，凝视着眼前这个年龄似乎被冻住了的中年女人。十年前看到她的时候是这个样子，现在竟然丝毫不见老。

朱明珠作为独立执业者，她既可以接受 NAMA 公司的委托，替他们负责机器人身心援助性救治，也可以接受韩一梅的委托，尽可能关注陈寒的举动。只不过，她必须尊重所有客户的约定，替他们保密。

"朱医生，十年前，你还是个稚气未脱的年轻女孩子，现在成熟多了。"韩一梅道。

这话似乎是赞美，却让朱明珠有些心酸，她感慨道："现在沧桑了，老了。"

韩一梅道："没有啊！你才三十几岁，就喊老啊！"

朱明珠笑道："小姑娘们一个个地都长大了，满脸的胶原蛋白，有的时候走在马路上，满眼望去全是打扮得时尚的年轻女孩儿，我真的觉得自己老了。"

韩一梅笑道："世界正在发生改变，年轻的标准，不再仅仅看年龄，而是看自己的健康状态。能够一直健康，外表看起来年轻，你就是年轻人。年龄，只是数字。"她顿了顿，继续道："何况，衰老其实没有那么可怕，这个难题正慢慢被攻克。我们人类是因为身体堵塞、生病，才会衰老，而不是老了才容易生病。"

朱明珠一听，特别有兴趣，跟韩一梅探讨起来。

"衰老这个难题很快有希望被攻克。我刚刚已经说过，其实人是因为生病而衰老，不是因为衰老而生病。最前沿的研究预测，人类可以获得长生。这长生的概念究竟是一百年两百年还是三百年五百年，甚至成千上万年，现在不好说。"一谈起自己的研究领域，韩一梅兴致盎然。

朱明珠受到感染，也是两眼发光。她突然提出疑问道："活那么久也许是好事，可是，如果老得不能动，那有什么意思啊！还给家庭和社会增加负担啊！"

韩一梅摇着头解释："不能这么说，长生的概念是，健康长寿又年轻地活着。"

朱明珠不知道是该赞同还是该质疑。赞同吧，这超出了她的认知经验；反对呢，人家有这么个活生生的例子摆在眼前。她只好将信将疑地点点头。

正当她们热烈讨论着跟延缓衰老有关的话题时，突然有人敲门。

朱明珠惊讶地隔着门问："哪位？"

要知道，她一般都只会见有预约的来访者，而且，在她和来访者交流的时候，助手是不会来打扰的。

三

进来的是李可和丁晓彤。

韩一梅看着这个神情执拗而悲伤的女孩子，觉得非常眼熟，只是一下子没能想起来她是谁。

李可直接对朱明珠说道："朱医生，这位女士，名叫丁晓彤，她缠着我要找程飞，你跟她解释吧！"说完逃也似的走了。

听到"丁晓彤"三个字，韩一梅猛地记了起来，自己儿子的女朋友叫丁晓彤。韩一梅真是百感交集，拿不定主意要不要告诉她自己认识她。

丁晓彤先是盯着朱明珠，然后转脸看向韩一梅。两人眼神相撞的那一瞬间，丁晓彤呆住了，然后怯怯叫道："阿姨，你好！好久不见！"

韩一梅此刻的感情很是复杂。她知道陈寒最直接的死因是遗传性的心脏病，间接的死因是被丁晓彤拉着跑步。她望着丁晓彤，一时不知道说什么好。

丁晓彤的心被负罪感折磨着，此刻她带着哭腔问道："阿姨，你说，如果不是我和陈寒去跑步，陈寒是不是就不会死？"这话憋在她的胸口已经很多年了，她一直不敢说出来。

韩一梅愣住了。说实话，她内心对这个女孩子多少也是有责备的，但是听见她带着哭腔自己把话说出口，作为长辈的她反倒冷静下来。可以这么说，只要陈寒的病没有彻底治好，那么发作的可能性就非常大。跑步本身并不是导致陈寒死亡的直接原因，不能把账算到一个无辜的女孩子身上，何况，她也是真心爱着陈寒的。

韩一梅仔细端详着丁晓彤，她身体瘦削、脸色苍白，没有化妆，满脸写满了倦怠和疲惫，黑眼圈沉重地挂在脸上。她的手紧紧揪着衣袖，微微颤抖，再加上瘦小的身躯，显得整个人更加单薄。她的眼神里写着很多情绪，有愧疚、不安、胆怯、失落，韩一梅突然特别心疼她。她能够想象到这十二年来丁晓彤一定被愧疚和自责折磨着。

韩一梅情不自禁地把丁晓彤搂在怀里，说道："孩子！你受苦了！"

丁晓彤一下子没忍住，放声大哭，泪如泉涌。

好不容易安静下来，丁晓彤问："阿姨，陈寒究竟是怎么回事？他不是去世了吗？为什么会变成程飞？程飞为什么又失踪了？"

朱明珠起初冷静地在一边看着，之后静静地走了出去。

韩一梅犹豫半晌，决定继续对丁晓彤隐瞒，直到她自己知道答案。现实太残酷了！她不想让她知道现在的陈寒只是机器人，于是只能回答："事实的真相我还不能告诉你。程飞虽然失踪了，但是陈寒还会回来的。"

一听说陈寒会回来，丁晓彤马上高兴起来。她连声问："陈寒究竟去了哪里？他什么时候回来？"

韩一梅答："别急，到时候你就知道了。"事实上陈寒是否真能回来，取决于随后的陈寒能否恢复记忆，所以她根本不能把话说得太明白。

韩一梅又打电话邀请姜科学也过来，几个人一起吃饭。韩一梅的出现令姜科学略微有些意外，他还以为韩一梅早就自杀了。

丁晓彤记住了姜科学，特意要了他的联系方式。

大家道别的时候，韩一梅抬起手，轻轻把丁晓彤一绺耷拉下来的头发拢到她耳后，告诉她，万一以后陈寒有什么问题，可以找姜科学博士。

要不要见证三号陈寒的诞生，韩一梅的内心是有过激烈斗争的。她实在不愿意面对这样的现实：一个和儿子一模一样的人出现，这个人却完全不认识自己的母亲。

恰好实验室有急事，催她尽快回去，于是韩一梅抓紧对客户进行例行访问，然后急忙赶回欧洲。

这家客户的身份很特殊，女主人曾经是国内红得发紫的大明星，年龄大了无法自然怀孕，于是求助现代科学。小男孩儿已经三岁了，发育得健康正常，遗传了母亲的优点，漂亮得让人惊讶。没有人知道这个孩子是采用技术催生的。

| 第十三章 |　　陈三好

一

医院的病床上，一位年轻人正在熟睡着，他有一张看起来和十八岁的陈寒一模一样的脸。

一位护士走进病房，看看他，觉得一切正常，转身走了出去。

年轻人慢慢醒来。他觉得自己的头又痛又晕，抬眼看了看自己的病房，空无一人。

他坐了起来，看见病床的床头上贴着病人的标签儿：

姓名：陈三好。

年龄：18 岁。

病况：重度脑震荡。

陈三好站了起来，拉开窗帘，刺眼的阳光一下子涌了进来，窗外是陌生的医院中心。

这时候李可从门口走了进来，说道："你醒了。"

三好愣住，看着李可问："你是谁？我……又是谁？"

李可笑笑，手中拿着刚做好的午饭，解释道："你是陈三好，出了车祸，大脑受到损伤，出现了暂时性失忆。"

陈三好喃喃道："我叫陈三好？"

李可笑道："嗯。来，先把饭吃了，等医生允许你出院后我慢慢给你解释。"

陈三好一头雾水道："你和我是什么关系？"

李可没有回答，把盒饭塞进三好手里，道："先吃饭，别凉了。"

在李可的陪同下，陈三好出院回到了自己的家里。这是一间普通的民宅，一间单身公寓，布置简洁。

陈三好环顾自己的房间，一点儿印象都没有。

李可解释说，陈三好两年前从技校毕业后，只身一人来到北京，租下了这间房子，干上了汽车修理的工作，目前他刚刚开始在北京一家不错的4S店上班。李可说着把名片递给他，上面写着陈三好的名字和修理店的地址。

陈三好困惑地问："我的爸妈呢？"

李可道："你父母已经过世了，你一个人在北京打拼的这两年，存下了不少积蓄。"

陈三好看见书桌上摆放着自己小时候的照片，还有刚来北京时在天安门前的留影。照片上的男孩儿看上去就是个乡下少年，满脸青涩，理着利索的小平头，眼神里满是对未来生活的憧憬，笑起来特别憨厚。

他走过去打开抽屉，里面是银行卡、身份证和一摞现金。

李可继续解释道："我是你表哥。我是你在北京唯一的亲人了，一直是我在照顾你。唉，可能你连我也不记得了。不过没关系，反正有什么事你找我就对了。4S店的工作，你好好干吧！"说完，李可就离开了。

陈三好还想找寻一些自己过去的痕迹，他不甘心地翻着房间里的每一个角落。

　　他看到一本日记本，封面上写着 Diary，他激动地打开，竟是一本空白的日记，里面一个字也没写。

　　这个日记本是李可在程飞办公桌的抽屉里看到的，发现是一个空本子，他顺手把本子带到了陈三好的住处。

　　安排陈三好去修车，李可别有用心。他希望陈三好什么也不知道，那么，李可就可以独自占有曾经属于程飞的公司。毕竟，在这家公司，他也是不可或缺的人物。

二

　　第二天早上，陈三好走进自己工作的 4S 店。他来到员工更衣室。墙上挂着写着他名字的工作证，他把工作证取下来挂在脖子上，换上了修理工的工作服。

　　三好来到车间，同事们都在有条不紊地工作着，一辆辆车从传输带上运转到不同位置。

　　三好有些茫然地看着车间，心里打鼓。一位同事过来好心指点："三好，你去 7 号位置。"

　　之前李可已经跟修理店的负责人交涉好了，做足了所有的准备工作。

　　三好朝着 7 号停车位走去，一辆白色宝马停在那里，正是程飞曾经开过的那一辆。

　　三好有些紧张地看着修理工具，他在担心自己的脑震荡会不会让他把修车技能都忘了。

　　但是当他拿起修理工具的那一刻，一切都得心应手。

三好的脸上出现了满足而得意的笑容。

想要机器人学会某种技能是一件相当简单的事，当然陈三好还不知道自己是机器人。更何况陈寒本人对修车就很有天赋，曾经修好过别人废弃不要的车，带着丁晓彤四处兜风。

车修好后，陈三好坐进宝马，准备试试车。就在他准备人车对话的时候，突然看见驾驶座旁边的缝隙里，掉落了一个白色的日记本。他捡起日记本，发现这个日记本竟然和他家里的那本一模一样。在好奇心的驱使下，三好打开了日记本，里面掉落出两张银杏叶制作的照片。

他好奇地拿起来看，照片上的男子，居然跟自己长得几乎一模一样，就是看起来比自己年长一些、成熟一些，照片中的女子他却不认识。

这是怎么回事？照片中的这个男人究竟是谁？怎么会这么像自己？自己又是谁？为什么自己所有的知识技能、生活技能都在，唯独跟自己身世有关的一切记忆却都丢失了？还有那个莫名其妙就冒出来的表哥，他说的一切难道就是真的吗？

他突然冒出一种奇怪的感觉：也许，照片中的这个男人，就是自己。

他忍不住翻开日记本，居然是复印件，遒劲有力的字迹映入了眼帘，他认真阅读起来：

你好！我们有着共同的故事。

故事要从陈寒和丁晓彤说起。一共可能有六个一样的我们，只是从陈寒身体中取出细胞和基因然后培养制造出来的机器人。

是的，我们只是有血肉的仿生机器人。

我叫程飞，当然，也可以叫陈寒，我们都深深爱着丁晓彤。你的名字，NAMA 公司也许会另外给你取一个，也会另外给你编一套假的身世。可是，别忘了真相，你是陈寒……

我希望你可以见到丁晓彤，我希望你能像陈寒爱她那样去爱她。也许你会困惑你并不是陈寒，为什么要去做这些。我也曾有过同样的疑问，直到那天我在十字路口见到了她。我原本要离她而去，但最终我还是让车返回了。因为我知道，血液里，我就是陈寒，我们是同一个人，有着相同的 DNA，相同的血液，同一颗心脏注定只会为同一个人而跳动。

陈三好看得稀里糊涂，完全不明白。然而不知道为什么，本子里的内容磁铁般吸引着他。

"三好，车怎么样？"同事在催他。

"好了好了！"三好嘴里回应着，赶紧把日记本塞进工作服里，藏起来准备带回去。

三

一辆豪车开过来，停在陈三好的车位上不动了。

车主是个五十来岁的男子，微胖，尤其肚子显得特别大。他漫不经心地瞟了三好一眼，问道："新来的？"

三好迟疑了一下，热情地点头说道："对，我算是新来的。不过请您放心，我应该是称职的。"

那男子道："算了算了，我的车现在还只是小问题，交给你弄，把我的车弄坏了，你赔不起。"

这男子把车喇叭按得震天响。

一位姓易的同事赶紧跑过来。

男子上下打量了一下易师傅，说道："我的车你来修，你看着还像个老手。"

易师傅问："您这车什么毛病啊？"

男子说是车在路上容易无缘无故熄火。

易师傅捣鼓了好一阵儿，道："你这车没什么问题啊！"

那男子道："当然有问题！没问题我吃饱了撑的来你们这儿干吗？"

陈三好站在一旁想说些什么，踌躇了一下，又咽了回去。

易师傅再一次把车检测了一遍，确实查不出问题，于是说："要不您把车放这儿，今天快下班了，明天我把工程师找来给您的车做检查。"

那男人发火了，大叫："你们这儿什么破地方，还4S店！要么就是新来的，要么什么都不懂，这儿忽悠谁呢？我等会儿有急事要用车，你让你们的工程师现在就来！"

易师傅有点儿慌了，为难地说道："我们工程师现在正在处理别的事情，要不你到别的店去看看。"

"你们……"那男子指着易师傅气急败坏地正要开骂，三好突然站到他前面道："我来！我知道是什么情况。"

陈三好上了车，试着把车发动，侧耳倾听汽车发动的声音，然后跳下车，钻进汽车底下，拿着工具捣鼓了一阵儿，爬出来道："给你修好了，没事了！"

那男子一脸怀疑地问："真的修好了？这车到底什么问题？"

三好淡淡地说道："什么问题说出来你也听不懂，反正帮你修好了就行了。"

"你说的修好了啊！万一出了什么问题，我明天找你们老板开除你。"那男子指着陈三好很不客气地说道，然后把车开走了。

易师傅担心地问："三好，你是真修好了还是假修好了？"

陈三好道："放心吧！当然是真好！修车我有天赋的。"

易师傅笑着捶了他一下道："看你小子得意的，还天赋！"

三好朝着他眨了一下眼睛，跑到没人注意的地方，又拿出那个日记本认真看起来。

| 第十四章 | 　答　案

一

　　根据日记本的指引，陈三好住进了新的房间，也就是程飞预先租了十五年的那套房，位于时代蓝天大厦第七层。

　　一进门，在这个房间客厅的茶几上，陈三好一眼就发现了日记本。原来这才是原件，是程飞手写的日记本。

　　陈三好拿起本子，歪倒在床上，一页一页细细看起来。

　　他虽然不记得日记里的内容，但是他有一种感觉，这些事情真的在他身上发生过，那段爱情也深刻地驻在他心里，那个叫丁晓彤的女人，确实是他一生躲不开也逃不掉的羁绊。

　　陈三好不知道自己昨晚什么时候睡着的，当外面的天空刚刚露白时他就醒了。刷牙、洗脸的时候，他脑子里就已经想好了待会儿煎几片帕尔马火腿配法式面包片，火腿七分熟即可；可能还要榨一些新鲜芦笋汁，不知道还有没有存货……

　　丁晓彤此时也醒了，洗漱完毕后，她匆匆泡了一碗方便面就解决了早餐问题。

　　陈三好和丁晓彤一前一后地乘电梯下了楼。

　　陈三好走到楼下，蹲下身系鞋带儿，就在他站起身的那一刻，他一眼就看到丁晓彤正慢慢地走过来。她也是从他刚刚走出的那架电梯里出来的。

　　陈三好认出了这个照片上的女人，傻傻地看着丁晓彤。

　　那种熟悉又深刻的感觉刺激着陈三好的心脏，日记里的一幕幕情节就好像过电影一样出现在了陈三好的眼前。

　　丁晓彤起初没有注意到陈三好，只是觉得有人盯着她，她转头一看，触电一般愣在了原地。她简直以为自己出现了幻觉，情不自禁地揉揉眼睛，再看，他还在，绝对是真实的。

　　他们的服装都是相似的，两个人不约而同穿着白色 T 恤。

　　丁晓彤梦呓般低语："陈寒……程飞……"

　　陈三好笑容满面地回答道："我是……我不是陈寒，不，我是陈寒……"答完，自己都觉得这话说得莫名其妙。

　　丁晓彤的心痛了起来。陈三好的突然出现，把她深深埋在心底的爱和痛触发了。她想哭又想笑，目不转睛地望着陈三好道："我知道你不是他，他怎么会像你这么年轻。"

　　陈三好犹豫了一下，说道："但我认识你，你是丁晓彤。这个说起来很长，我可以邀请你一起吃饭喝茶吗？"

　　丁晓彤突然掉头就跑，就好像想拼命逃脱遇到的这个人，陈三好不明就里，连忙追了过去。等他拦下丁晓彤时，他才发现丁晓彤的脸上全是泪痕。他呆呆地看着抹着眼泪的丁晓彤，不知道发生了什么，只是突然觉得很心疼。

　　丁晓彤突然对着陈三好哭喊："我不管你是陈寒还是程飞，我希望你离我远一点儿，不要再出现在我的生活里，凭什么你说出现就出现，说消失就消失，害我一下子像个傻子一样因为见到你而高兴得睡不着觉，一下子又失魂落魄地承受失去你的悲伤！你以为你是谁，我真的不敢靠近你，因为我不知道你是不是哪天又要突然消失！"

陈三好惊呆了，他不知道该说什么，只能紧张地用手拍拍丁晓彤的肩膀，试图让她冷静一点儿。

丁晓彤慢慢冷静了下来，只是胸口还在剧烈地起伏着。

陈三好连忙说："嗯……丁晓彤，我知道你受了很多委屈，但是如果你相信我的话，希望你给我一个机会，我们谈谈，好吗？"

丁晓彤茫然地看了看陈三好，默默点了点头。

两人坐在餐厅一处安静的角落，他们并没有点菜，面前放着两杯柠檬茶。

两个人静默了很久，什么都没有说。

陈三好咳嗽了一声，首先打破了沉默，说道："丁晓彤，我想把全部的事实告诉你。我是在医院醒来的，醒来以后在程飞的车里看到了一本日记。看了日记后，我才知道，原来，陈寒去世以后，她的妈妈找到了 NAMA 公司，她花费了巨大的财力，希望对方造出七个机器人来代替她的儿子陈寒活下去。一号陈寒被激活失败了，二号程飞被激活成功了，他年纪轻轻就当上了总裁，看起来无忧无虑，直到有一天他开始做噩梦，梦里的情节是高中时候在篮球场和一个女孩子一起打篮球的故事，那个女孩子就是你。他慢慢地开始健忘，出现头痛欲裂的感觉。李可给他介绍了一个医生，他在那个医生那里无意间看到了印有 NAMA 字样的血袋，之后他找到了 NAMA 公司。当他遇到你的时候，他的生命没剩下多久了，他心里特别痛苦，所以留下这本日记，他希望后来的每一个陈寒都能看到这本日记，能够代替陈寒和程飞继续爱你。后来，程飞的生命走向了终结，我又被激活了……"

丁晓彤完全听傻了，目瞪口呆地问："所以你说你们都是……机器人？"

陈三好点点头道："是这样的。"

丁晓彤却笑了："呵呵，你是在给我演科幻电影吗？"

陈三好想了想，非常认真地说："我知道事实很让人难以接受。说实话，我看到那本日记本的时候也觉得不可思议。可是我相信，因为……我很难形容那是一种什么感觉，但我知道那些事情在我身上发生过。而且，今天我看到了你。"

丁晓彤还是不信，陈三好连忙说道："这样吧，你和我一起去看那本日记，还有你们的银杏叶照片。"

丁晓彤脸色发白，默默跟着陈三好走出餐厅。

二

陈三好拿出日记本，放在桌子上，说道："因为我是第三个机器人，所以我猜我的名字里有个'三'字，可能是这个原因。"

丁晓彤实在无法接受这个荒诞的事实，一言不发。

陈三好继续说："我也可能再次突然死去，然后下一个机器人也会再次被激活。"

丁晓彤问："你为什么要告诉我这一切？"

陈三好答道："这是程飞的遗愿，他希望我替他继续好好照顾你。其实我们三个是同一个人，我和程飞都是当年的陈寒。"

丁晓彤看着陈三好，沉默了一会儿，突然她愤怒地喊叫道："你知道我听到你说的话是什么感觉吗？我觉得简直太荒谬了，荒谬得让我恶心。你们是合起伙儿来在耍我吗？程飞，还有你，不管你们是谁，我觉得你们全都是浑蛋。你说的那什么机器人，呵呵，不管你们是真的假的，什么叫替他来照顾我？你是在可怜我吗？请你永远都别再来骚扰我的生活。"

丁晓彤拎起包站起来，看着陈三好，冷冷地说道："陈寒已经死了，这就是事实。我爱的只是当年的那个人。"

陈三好知道丁晓彤很难一下子接受这件事，只能把那个日记本递给丁晓彤，道："我很抱歉。这个希望你能留下，我手里还有一份。"

丁晓彤犹豫了一下，接过日记本，转身离开了。回到家，她打开程飞的日记本，慢慢阅读着，有很多段话令她泪流满面：

不知道你了不了解丁晓彤这个女孩子，她看起来挺坚强的，也不像别的女孩子那么娇气。她会打篮球，会攀岩，跆拳道也打得很棒。周围的人有人说她是男人婆，有人说她不需要别人保护。但是，你一定要知道丁晓彤的心里住着一个小女孩儿，她也很爱美，有点儿自卑，很在意别人的看法，一旦陷入爱情就会特别专一，会投入很多，会患得患失。

那天，我正在办公室准备午睡，丁晓彤过来了，她扑到我怀里说要找我"充电"。那一瞬间，我突然心里特别特别感动，我能感受到她真的非常爱我，我觉得怀里瘦小的她是那么单薄，那么需要我保护。我带她去了一个很安静的地方，那里有很多银杏树，特别美。我突然想要恶作剧逗她一下，于是假意让她给我买水。她离开后，我藏了起来。她回来以后找不到我，特别惊慌、特别着急，过了一会儿忍不住哭了起来。我当时看着特别心疼，赶紧跑过去蒙住她的眼睛。我真的很担心如果我不在她的身边，她该有多么难过、多么孤单。后来我们一起照了相印成了书签，好甜蜜啊！归途中，我们在武汉留宿了一宿，在游轮上，我把她紧紧搂在怀中，脸颊贴着她的头发。我们都沉默着，却感受到了彼此的爱和依赖。真希望能够永远和她幸福相拥！

我希望你可以见到丁晓彤，我希望你能像陈寒爱她那样去爱她，也许你会困惑你并不是陈寒，为什么要去做这些。我也曾有过同样的疑问，直到那天我在十字路口见到了她，我原本要离她而去，但最终我还是让车返回了。因为我知道，血液里，我就是陈寒，我们是同一个人，有着相同的 DNA，相同的血液，同一颗心脏注定只会为同一个人而跳动。

丁晓彤默默地合上日记本，擦干眼泪。这段时间她真是流了太多的泪。

陈三好回到家，又把日记有选择性地读了一遍。他站在卫生间的镜子前，看着镜子中的自己，忍不住自言自语："我到底是谁？"

—— 我可以做我自己吗？

| 第十五章 | 追　寻

一

陈三好根据日记的内容，来到程飞的公司。

他犹疑着走向前台，前台负责接待的两个女孩子，看见陈三好都惊讶地张大了嘴巴。

整个公司的人已经听李可说过，他们的总裁程飞移民去了美国，现阶段公司由李可管理，这里怎么会又出现一个少年版程飞？

一个叫妮子的喃喃道："见鬼了……"

陈三好看了她一眼，礼貌地说："你好，我想找一下李可先生。我叫陈三好。"

妮子的两只手有些颤抖，她拨通李可的分机，慌张地说道："李总，一个叫陈三好的找您。"

陈三好见女孩子慌成那样，赶紧友好地安慰道："你别怕，你应该是认错人了。"

妮子这才松了一口气。

李可看见陈三好，很是惊讶。但他轻松地对前台的两个女孩子开玩笑道："他是程总老家的堂弟，他们俩是不是长得很像，哈哈。"

然后他对陈三好做了个请的动作，把他带到自己的办公室。

妮子端了两杯茶进来。

李可站起来关上办公室的门，坐下来，一下子靠在椅背上，问道："说吧，陈三好，你是怎么找到这里来的？"

陈三好喝了口茶，答道："是程飞告诉我的。"

李可吓了一跳，难以置信地看着他，好半天才道："这么说你已经……不，不可能！程飞已经化成灰了，被销毁了。"

陈三好冷冷地看着李可，说道："可是他写了一本日记，把他知道的一切都告诉我了。我倒是有些好奇，李可副总为什么安排我当修理工？"

李可有些慌乱，一下子直起了身子，但很快镇定下来，笑笑道："我不过是想先让你学习一些技能。"

陈三好道："谢谢你的好意，你应该知道，作为机器人，我的学习能力非常强。我们公司的业务比较广泛，有医药贸易、医疗器材、食品生产和销售，就是不包括修车。您只需要把公司管理的相关芯片输入给我就可以了。"顿了顿，他又说："我可以向法庭证明我就是程飞，因为我和他拥有同样的 DNA。"

李可一言不发，转过身去，背对着陈三好，看着窗外的景色。

陈三好坐在椅子上，看着李可的背影。

李可点燃了一根香烟道："真没想到程飞早已知道了所有的事情。这些年，我一直照顾着他，说是照顾，其实也算是一直欺骗他吧。原本只是为了让他活得轻松，结果他却说自己从来没有真正开心过。"

陈三好看见李可的桌子上放了一个相框，相框里是李可和一个美丽女孩子的合影。他轻轻拿起相框，认真地看着那个女孩子，他突然百分之百断定这个女孩子是乔乔，程飞的日记里提到过这个女孩子，但是他也坦白说他不太记得起李可和乔乔的事了。

李可发现陈三好在看相框里的照片，马上一把抢了过去，塞进抽屉里。

这个动作实在是太不友好了。为什么会这样？不过是看看摆在桌上的照片而已，不算太失礼，需要这样大动肝火吗？

陈三好聪明地什么也没问，只是说："我从昨晚到今天一直在想一个问题，我到底应该为陈寒活着，还是应该为程飞活着，还是为我自己……而我自己，又是谁呢？"

李可道："如果可以选呢？"

陈三好犹豫了一阵儿，坚定地说："我希望是陈寒和程飞的结合体。我不希望自己只能通过那些冰冷的文字去获得我和丁晓彤的记忆，我希望自己可以清晰地记得那些鲜活的画面。"

李可盯着陈三好看了半天，说道："我带你去见博士吧，只有他可以帮你。"

二

李可带着陈三好来到 NAMA 公司。乔乔看到了李可过来，很热情地迎上来，说道："李哥，你都好久不过来了，最近是不是很忙？"

李可叹气道："嗯。我不来是好事啊，来了还不都是因为出了问题。"说着，他暗暗指了指陈三好。

乔乔笑着点点头："我明白了。"

陈三好看着乔乔，发现她就是李可桌上放着的相框里的女孩儿，但是听见他们俩的对话，又觉得他们俩并不是很熟悉的样子，陈三好看得有些困惑。突然，如同电光火石穿过大脑一般，陈三好想通了。

见到李可和陈三好，博士显得很高兴。

李可不客气地说："博士，我一直以为你不会把真相告诉我们的机器人产品，何况我们都跟客户签了保密协议了。可是以前的程飞和现在这位陈三好先生都知道了所有的秘密，您这么做岂不是破坏了规定？这让我很难做人啊！"

姜科学先是惊讶地问："怎么，陈三好也恢复了记忆？"

陈三好诚实地说："我的记忆不是自己恢复的，程飞留了一本日记本给我。"

姜博士笑道："首先我声明，我没有故意向谁去透露秘密。不过，陈寒是个例外，他母亲当年和我签的协议里约定过，如果有特殊情况发生，可以把真相告诉他。最奇怪的是在程飞身上居然恢复了陈寒的记忆，这是其他机器人身上完全没有发现过的现象。"

陈三好道："博士，您可以把陈寒的记忆直接植入到我的大脑中吗？"

姜科学摇头道："这个我可帮不了你。记忆的恢复完全是个意外，就好像你身体里的猝死基因，发作完全是偶然的，没法预测。机器人记忆的恢复，也只是突发现象。"

陈三好不死心，说道："李可说只有博士您可以帮我。"

姜科学转头对李可道："李可，不要再哄小朋友啦。我可不是万能的。"

李可的表情变得十分复杂，他低下头沉思了一会儿，突然对姜科学说道："博士，我有个东西要给你看一下。"

李可说着，把手伸进口袋靠近博士，突然他拿出一个针管，扎向博士的脖子。博士顿时昏厥了过去。

陈三好被这短短几秒钟内发生的事情吓傻了，李可从怀里掏出一把刀，朝着陈三好走过来。

两个人扭打成一团。陈三好的胳膊上中了一刀，血流了一地。

陈三好一边僵持着，一边吼道："你要干什么？"

李可好像疯了一样，双眼通红，恶狠狠地说："我要让你死！"

陈三好一把抓住李可，困惑地问道："为什么你这么恨我？"

李可用力挣扎着答道："机器人绝对不可以知道自己的身份。这是游戏规则，任何人都不可以破坏。为了不让程飞发现，这十几年我都陪在他身边，精心守护着这个秘密。没想到不仅程飞恢复了记忆，连你也知道了真相！"

陈三好道："可是程飞也是你的朋友啊，你为什么要这么做？"

李可道："程飞算是我的朋友，但你不是。我把你杀了，就去激活下一个机器人，但这一回，我绝不会让他发现这个真相。"

陈三好呆住了，一分神，李可挣脱了他，一刀刺了过来。陈三好一个翻身避开，踉跄着打开门，逃了出去。

陈三好逃到门口，乔乔还在若无其事地工作着。显然她对发生的一切一无所知。

陈三好看了看乔乔，欲言又止，飞快地离开了 NAMA 公司。反正李可不会伤害乔乔，其他事，陈三好也无能为力，所以走为上策。

三

躲开李可的袭击，陈三好找了一家诊所包扎好自己的胳膊，然后漫无目的地走在人头攒动的街上，不知道何去何从。

他回到时代蓝天大厦，刚好看到丁晓彤也在等电梯。

丁晓彤看到陈三好，依旧冷冰冰的，没有露出一点儿笑容。

陈三好问："你认识李可吗？"

丁晓彤看也没看他，低着头说道："认识啊，怎么了？"

陈三好道："他竟然想杀了我！"

丁晓彤这才看到陈三好受伤的手臂，大惊失色，"啊"了一声，问道："为什么？李可不是坏人啊！"

陈三好道："他好像非常嫉妒程飞重新记起你，然后把矛头对准我。今天如果不是我力气比他大也跑得快，很可能真的被他杀掉了！"

丁晓彤一下子急了，也顾不得掩饰自己的情绪，眼神里满是焦灼："那他如果再来杀你怎么办？"

陈三好茫然道："你如果遇到这种情况怎么办？"

丁晓彤想了想，道："如果他再伤害你，你就报警。报警电话是110。"

陈三好点头道："好，谢谢你。"他决定回家换身衣服，继续去公司上班，如果李可再惹事，他就报警。

电梯来了，两人默默上了电梯，他们并排站着，陈三好因为惊魂未定，也顾不上考虑跟丁晓彤的关系。两个人就好像陌生人一样，谁都没有说话。陈三好垂着头，眼神渐渐失去焦点，他茫然地看着前方，脑海中不断回放着刚才李可拿刀要杀自己的画面。丁晓彤紧紧皱着眉头，眼中盛满了浓重的担忧，她虽然没有说话，但是内心有如翻江倒海一般，久久不能平静下来。

陈三好先到，下电梯的时候，他的神情依旧有些恍惚，顾不上看丁晓彤，直愣愣地出了电梯走了。反倒是丁晓彤忧心忡忡地望着他的背影，直到电梯门缓缓合上。

| 第十六章 |　　陈寒，陈寒

一

几天后。

丁晓彤独自走进电梯，电梯门刚要关上，陈三好突然飞跑过来把门扳开，挤了进来，他胳膊上的伤已经好了。

丁晓彤有些局促，看了他一眼，微微把头转开。

他挠了挠头，主动抬起右手跟丁晓彤打招呼："嗨，丁晓彤。你看，我们低头不见抬头见。"

丁晓彤见他满面春风，猜想李可的事应该解决了，于是瞥了他一眼，敷衍地点了一下头，不想再理会他。

陈三好的手尴尬地停在脸颊旁边，他弯了弯手指，垂下了手。

随着电梯的下行，陈三好和丁晓彤站在电梯里，气氛有点儿尴尬，两人似乎连对方的呼吸声都能听见。陈三好伸出手，似乎想要搭在丁晓彤的肩膀上，手僵在她肩膀上方一个拳头左右的位置，犹豫了一下，最终还是缩了回去。接着他又对着丁晓彤挤眉弄眼，想要逗她笑，而丁晓彤有意板着脸，满脸冰霜。陈三好只好自我解嘲，尴尬地咧咧嘴。

当电梯在7楼停下时，陈三好深深看了丁晓彤一眼，无奈地转身。就在陈三好走出电梯的时候，丁晓彤却后悔了，她紧紧咬住自己的嘴唇。

到了11楼，丁晓彤走出电梯，突然又停下来，表情复杂地回头望着电梯门徐徐关闭。她在电梯门外沉默了一会儿，手指仿佛不受控制一般按了电梯下行键，心里有个声音在疯狂叫喊："为什么要逃避？你明明爱着他！"

过了几分钟，电梯门又在她面前徐徐打开，准备下行。电梯刚刚从顶楼下来，里面已经有一家三口，一对年轻夫妇，妈妈抱着一个两三岁的孩子。

丁晓彤看到了这场景，不知道为什么心里有点儿难受，她立刻慌乱地说："对不起，我按错了，你们请便。"她转头回到自己家里，什么也不想做，默默发呆。

少年的陈寒、中年的程飞，全都微笑着在她脑子里出现。她早就受够了的那种苦苦思念一个人的感觉，此刻那感觉又如潮水般涌上来，将她彻底淹没。

再次被相思之苦缠绕的丁晓彤暗暗告诉自己，如果下次在电梯里遇到陈三好，她一定要向他微笑，表示友好，再也不许露出又冷又硬的模样。

每次到了电梯边上，丁晓彤会假装整理头发，四处看看，非常希望看到陈三好那张生机勃勃的脸。可是奇怪，好几天过去了，她竟然一次也没见到他。每次在电梯里，她都觉得自己的心空荡荡的，特别失落。

这天是周末，日落时分，丁晓彤鬼使神差般回到当年的母校。

她走进大门，抬头看了看"向阳中学"几个字。

这么多年过去了，学校的样子已经变了，运动场已经全部翻新，铺上了塑胶跑道，教学楼也都新修了。太阳收起刺目的光芒，变成一个金灿灿的圆球，懒洋洋地洒着余晖。黄昏下的学校显得特别宁静，晚霞给地面披上了一层金黄色的薄纱，夕阳为教学楼的外墙涂上了暖黄色的颜料。岁月并没有过多地改变这位当年的女学生，她还是穿着球鞋，一身运动风装扮。只是那时素颜的她，现在需要用妆容来掩饰沧桑。

丁晓彤来到那个篮球场，夕阳中，她竟然看到一个熟悉的身影。

十八岁的陈寒竟然也在！恍惚中有时光倒流的错觉。

当然，丁晓彤知道他是陈三好。陈三好一个人对着篮筐投球。丁晓彤默默地站在球场边，一动不动地看着他。

从心理学上来说，一个人在黄昏的时候肾上腺素分泌开始减少，容易触景生情，所以黄昏时人的心理防线是最弱的。丁晓彤此刻心里的情绪就好像刚开启的可乐罐表面冒出的白沫那样不停翻腾，心里的酸涩和思念像海水一样淹没自己，在嘴边留下咸得发苦的气息，涌向前方正在打球的少年。

球砸在篮板上，反弹到地上，滚落到了丁晓彤的脚边。

陈三好一转身看到了丁晓彤，似乎并不觉得意外。这些日子他有意把一切休息时间都耗在这里，就是一直在等待这个时刻的到来。他默默凝望着她，嘴角不由自主地上翘。

她的目光一直追随着那个篮球，此刻俯身捡起，扔给陈三好。

陈三好又快又稳地接住，拿着球，朝着丁晓彤走过来，满脸笑容，身上带着年轻人的朝气，眼睛似乎变得会发光。

日落的余光下，丁晓彤呆呆地望着眼前这个人，这个她一直思念的人。他是程飞，他是陈三好，他更是陈寒！慢慢地，她的嘴角也往上翘起来。

"你怎么知道我要来这里？"丁晓彤问道。

"我就是预感你会来。因为这是我们故事开始的地方。所以我最近经常来这里。我有预感你会回来看看这个地方。"陈三好笑着说。

丁晓彤悲伤地说："其实，我心里一直爱着你，但是我害怕我们重新开始，我已经不想再承受任何失去了。我心里很矛盾，有时候我觉得自己好傻，等了那么多年的陈寒出现在我的面前，我却要那么冷漠地对待他，我这不是在跟自己较劲儿吗？"

两人沉默了一会儿，微笑着凝望彼此，他们拥抱在一起，片刻之后，亲吻起来。篮球掉落在地上，伴随着"砰砰"的声音，就像他们的心跳一样。

陈三好深情地对丁晓彤说："我看完日记后，一直不知道自己应该为谁而活。为自己活吗？在看过程飞写的那么多的日记后，我觉得自己的责任非常重大，我不能辜负陈寒和程飞的希望，不能那么自私地只做自己。为程飞和陈寒而活吗？我又觉得自己毕竟是一个独立的个体，有着独立的思想，我这么快就要缴械投降？这么快就要决定把自己的一生和陈寒、程飞还有你捆绑在一起吗？但是现在，我已经不纠结了，因为我觉得我深深地爱着你，虽然你可能不能理解这种感觉，我觉得我可以既为陈寒和程飞活着，也为我自己活着，因为我们三个的目标是一样的，感情也是一样的，我们三个都那么爱你，难分伯仲，刻骨永恒。"

丁晓彤感动得流下了眼泪，两人紧紧拥抱在一起。

一个是已经而立之年的满脸泪水的女人，一个是翩翩少年，二人终于突破了身份和时间的桎梏，再次相爱。

二

这天，陈三好下班后，丁晓彤在 4S 店门口迎接他。

看着身穿汽车修理店工作服的陈三好，丁晓彤笑了笑，说道："你跟陈寒一样，对修车有天赋。"

两个人路过一家音像店，音像店里播放着一首罗大佑的《野百合也有春天》。

仿佛如同一场梦

我们如此短暂地相逢

你像一阵春风轻轻柔柔吹入我心中……

丁晓彤拉着陈三好驻足停下，沉默了好久，说道："高中的时候，陈寒开着一辆路上看到的老车带着我兜风，车里有一盘磁带就放着这一首歌。那辆车，我们只开过那一次。现在再听到这首歌，我觉得这首歌就像一个宿命，唱给我和他。"

陈三好拍拍丁晓彤的肩膀，说道："别去想啦，别难过了，我这不是回来了吗，我就是陈寒。"

丁晓彤默默无语地看着他。

两人吃过晚饭后，丁晓彤要回家了。

这时候，公交车开了过来。她上车后坐在靠窗户的位置，看见陈三好在车外冲她摇摇手，用口型对她说："我回来了。"

在闷热的天气中，丁晓彤看着这位外貌只有十八岁的少年对自己说出这句话，穿着汽车修理店工作服的少年看起来不那么出众，但是那没有声音的语言却一字一顿地种进了丁晓彤的心里，让她十分感动。

她突然眼眶一热，转过头不再看窗外，看着公车里闹哄哄的人群。

三

陈三好和丁晓彤在一家静谧得几乎没有人的酒吧里，安静地喝啤酒。

陈三好忽然举杯，郑重地道："从今天开始，我就要恢复使用陈寒的名字了。我就是陈寒。晓彤，为我们的久别重逢干杯吧！"

两只酒杯碰在一起。

丁晓彤犹豫了一阵儿，这才把杯中酒一饮而尽，然后皱眉说道："你好像可以在时光里穿梭，一会儿是和我同龄的程飞，一会儿又是原来的陈寒。时间在你身上停止了，你还是 12 年前的样子。陈寒，你真的很过分。"

陈寒的手伸过餐桌，握住丁晓彤的手："可我的心也为你停下了，就像那个时候爱你一样，现在仍然如此，从来没有变过，以后也永远不会改变。"

丁晓彤问："真的永远不会改变吗？你会不会像程飞一样突然失踪？"

陈寒愣了一下，心里蔓延上了阵阵苦涩，他觉得自己对不起眼前的女孩儿，能给她甜蜜的爱情和永恒的承诺，却给不了她永恒的陪伴。

丁晓彤看到陈寒的表情，连忙道："你说，如果我们当时一直好下去，也许等我们上了大学，你认识了新的姑娘，就会喜欢上别的人，你会渐渐觉得我这人挺无趣的，会发现彼此越来越多的缺点，我们会吵架，也许已经分手了。如果我们一起走到三十岁，也许只是对方的一个前任，前男友，前女友。就算在街上遇到，也会假装没看见地走过。”

陈寒笑着说：“所以你该庆幸我死得早。”

丁晓彤骂道：“胡说！我不要你死，我宁愿要你一直活着，哪怕你真的变心了。我可不是那么自私的一个人。”

陈寒说：“一切都是命中注定的，如果没有当时的失去，也许也不会有今天的相遇。我觉得我是个很幸运的人。”

丁晓彤道：“我也觉得自己幸运，因为当年我是真心喜欢陈寒。这种欢喜心就是命运中的糖，不管有多少苦、多少累，可是一想到自己喜欢的人和事，心里就会是甜的。虽然我曾经经历了失去的痛苦，但是心底始终有一块糖，谁也抢不走。”

陈寒深深为之动容。

四

两人来到酒吧外，大颗的雨滴已经落了下来。陈寒脱下外套，挡在两个人的头上。

陈寒喊了一声：“快跑。”两个人一起朝着车的方向跑去，就像高中时期一样。

他们一起回到 7 楼陈寒的家里，坐在沙发上。

丁晓彤像一只小猫咪一样温顺地依偎在陈寒的怀里。

沙发后面，滂沱大雨在窗外肆虐，电闪雷鸣，白色的百叶窗轻微地摆动。

陈寒把毯子盖在两个人的身上。

丁晓彤柔声说道：“以后不要再跑步了，好吗？”

陈寒搂过丁晓彤，说道：“知道啦，你放心吧，不用整天提心吊胆的。”

丁晓彤抚摸着他的脸，轻轻道："现在的你十八岁，我三十岁。下一次你醒来，你还是十八岁，而我也许已经五十岁、六十岁。和我在一起，我的皱纹会不断增多，而你永远都不变。"

陈寒笑道："你还在为这件事纠结吗？我会一直喜欢你，等你老了，也会喜欢你的皱纹。我知道一句诗，'多少人爱你青春飞扬的时辰，爱慕你的美貌，假意和真心，只有一个人爱你朝圣者的灵魂，爱你衰老的脸上痛苦的皱纹。'"

丁晓彤道："你就会骗我。诗歌是浪漫的，现实是严峻的。十八岁是什么感觉？我都已经忘了。"

陈寒抓住丁晓彤的手，真诚地说："你别忘了，我是个没有年龄的人。这个身体，只是一个躯壳。我对你的爱，在我的意识里。就像那本日记本中说的，意识才是永恒的，生命只是其中的一段旅程。"

丁晓彤还是觉得不安，她说："但现实就是，未来的我身体会渐渐衰老，我的皮肤会长出斑点，越来越皱，我的腰会渐渐直不起来，我的腿……需要坐轮椅……"

陈寒道："别傻了，请相信，陈寒永远都爱丁晓彤。"

丁晓彤愣愣地看着窗外的大雨，雨水一小股一小股地打在窗户上。爱情对女人来说就是这样，女人明明知道爱情会让自己迷失，给自己痛苦、眼泪、心酸、悲伤，但是却依旧飞蛾扑火地接近爱情，触碰爱情。女人总是在爱情中迷失自我，苦苦等待，付出自己的青春年华，但是直到生命的最后，依旧不后悔自己爱过。

当她转过头去时，陈寒已经睡着了。

丁晓彤多么希望这一刻时间可以静止，她就这么依偎在陈寒的怀里，静静地看着他的睡颜，回味着他的甜言蜜语。

她轻轻吻了一下他年轻英俊的脸庞，看着他长长的睫毛，喃喃低语："无论你是什么样子，你都是我的陈寒。"

|第十七章| 李 可

一

陈寒来到自己的公司上班，不时翻阅以前的资料，李可其实是为公司做出过很多贡献的。

他看到很多资料上都有李可的笔迹，上面用不同颜色的笔圈圈画画出很多重要内容。李可的电脑里有很多文件夹，里面全是公司大大小小的事宜。大到公司的销售指标、业务数据、机密合同，小到公司年会和团建的照片等，都被李可有条理地整理得很好。陈寒还发现，李可专门有一个文件夹，里面记录了自己在公司每一天的总结，也就是工作日记。

陈寒想想当前的情况，不禁有些黯然。他分析了一阵儿，觉得李可这个人本质其实不坏，应该是被嫉妒冲昏了头脑。

确实，李可在这个公司的表现还是非常敬业的。公司的许多业务李可最熟悉，除了他，一时找不到别人来替代。

陈寒想了想，决定到 NAMA 公司了解李可和姜博士的情况。

公司前台，乔乔仍然像往日那样工作着。

陈寒礼貌地问道："你好，我想问问，博士的情况怎么样了？"

乔乔抬头，看了他一眼，答道："博士受了伤，被李可害苦了，好在针管里只是一些麻醉药，博士现在已经恢复正常了。"

陈寒问："李可现在怎么样？他在哪儿？"

乔乔撇撇嘴："我不知道他在哪儿。博士不让报警，已经把他辞退了。"

陈寒默然。犹豫了一阵儿，他又问乔乔："你和李可熟吗？"

乔乔皱眉道："我怎么会和他那种坏人熟，总共也没在公司见过他几回。"

陈寒刨根问底："你应该是一直叫乔乔吧？你在这家公司工作多久了？"

乔乔警惕起来，用狐疑的眼神看着陈寒，说道："对，我是一直叫乔乔，你问我这个干吗？这跟你有什么关系？难道你认为我有别的名字？"

陈寒只好打住，尴尬道："不好意思。其实没什么事，我只是想说，也许李可并不是个坏人。"

乔乔不想再搭理陈寒，埋头整理文件。

陈寒硬着头皮道："我可以进去找姜博士吗？"

乔乔道："我帮你问问吧，通常没有预约是不可以的。谁让你长这么帅呢！为帅哥服务是我的荣幸。"她难得开了个玩笑，拿起内部通话系统联系姜科学，然后对陈寒说："快点儿进去吧，你一共只有三分钟时间。记住，三分钟！不然没有下次。"

陈寒连忙道谢。

走进姜科学的办公室，陈寒一眼就发现姜博士脖子上还贴着一张创可贴。见他进来，博士苦笑了一下。

陈寒问："李可是 NAMA 公司派到我所在的公司去的吗？"

姜博士点点头，解释说本来应该报警，但是考虑到 NAMA 公司有太多商业秘密，还是尽量避免惊动警方。他叹了口气，说道："当年他的妻子乔乔死了，他想要制造乔乔，又没钱，求我想办法，我让他替公司工作，结果他却恩将仇报。"

陈寒道："也许他有什么不得已的苦衷吧！"

"不得已的苦衷？你确定你是这个意思？我后来调出视频看，才知道他差点儿杀掉你！再有苦衷也不能这样恶劣地伤害别人吧！你还有没有立场啊？为一个要杀掉你的人说话！"姜科学义正词严地说道。

陈寒一时无言以对，还想要多问一些跟李可有关的事。姜科学说道："我马上要处理一些紧急事务，你如果是来了解李可的，你自己去找他，反正他跟我们 NAMA 公司已经没有任何关系了。以后你自己有事要见我请预约。"

陈寒只得连声说对不起，赶紧离开。

来到前台，陈寒特意跟乔乔道谢。凝视着这个跟自己命运一样的同类，陈寒觉得亲切又沉重。他道："乔乔，真是特别感谢你帮我。我先走了，下次有空儿请你喝咖啡。"

见陈寒的眼神如此特别，不明真相的乔乔闹了个大红脸，开玩笑道："谁要喝你咖啡，我忙都忙不过来。"

陈寒道："那好吧！反正有机会一定好好感谢你。"

二

陈寒和李可约在咖啡馆见面。两人都有些尴尬，不知道该如何开口。

咖啡屋是复古典雅的风格，里面的光线比较暗，昏黄的灯光洒在桌上，咖啡的香气馥郁，充盈了整个房间。

李可抿了一口拉花儿的咖啡，嘴唇上沾满了白沫，咖啡入喉的苦涩弥漫了整个口腔，慢慢沉淀，但是无法和李可心里的苦涩相提并论。几天不见，他看上去有些憔悴，胡子长出来了也没打理一下，下巴上布满了青色的胡楂儿。

陈寒道："我知道你为什么想要置我于死地。"

李可冷冷地看着他，说道："对不起，那天我确实太冲动了。"

陈寒继续说："因为你嫉妒我。你看到我重新找到丁晓彤，发现我和丁晓彤仍然相爱，所以你心里不平衡。"

李可不屑地笑起来："是什么事情让你得出这个结论？"

陈寒道："我知道乔乔是你的爱人。"

李可脸上的表情变得更冷酷。

陈寒继续说下去："但她和我一样，也是机器人。当年乔乔死后，你为了让博士复制出乔乔，所以你把自己抵债一样卖给了博士，答应终身替他卖命。所以乔乔才能再次活过来。"

李可继续喝咖啡，语气一下子软了下来，喃喃道："看来你知道的事情越来越多。"

陈寒道："可惜她的记忆再也没有恢复，她把你忘了。对于机器人，你又爱又恨，你嫉妒程飞恢复记忆，嫉妒我能遇见丁晓彤，因为你再也没能得到乔乔的爱。所以你要报复，只有杀了我，才能让你得到平静，我说得没错吧！"

李可沉默了一阵儿，突然大笑起来，讽刺道："你以为自己很聪明是不是？哈哈哈，你错了！关于乔乔，我根本不希望她能记得我。我希望她永远都不要想起我这个人。她曾经是我的妻子，结婚后，她一心一意地爱着我，我却背着她跟别的女人好了。后来，我出轨的事情被她发现，她想不开就自杀了，所以我希望她永远都不要恢复记忆。她一直是个很单纯、很简单的女人，所以才会为我这种人渣自杀。现在，我只要求她活着，偶尔我去公司，能看见她天真的笑脸，我就满足了。幸福的形式有很多种，在一起并不是唯一的。"

说到这里，李可的表情变得十分痛苦。

陈寒不客气地说："所以你也要阻止别人的幸福，是吗？"

李可却摇头，一口气喝掉杯子里所有的咖啡，然后说："我和程飞认识那么多年，我真心把他当作朋友，甚至是把他当成一个需要呵护的孩子。他的病是治不好的，你们一个个都会死去。丁晓彤又会再次经历那种生离死别，然后她又要重新开始爱上下一个陌生人。到底是谁残忍自私呢？死不放手痛苦纠缠和相忘江湖一别两宽，到底哪一种情况更幸福呢？"

陈寒愣住了。他记起程飞已经在日记里说过，他们这种类型的机器人少则只能活几个月，最多也就活十五年。也就是说，不管多么相爱，他和丁晓彤一定会面临分别。当时看到这一段的时候，陈寒的内心就很混乱，然后选择性地逃避，不再去关注它。

此时李可的话再度让陈寒的内心充满恐慌和惆怅。他的话究竟是不是真的？或者究竟哪些是真的，哪些是假的？这个世界充满了明目张胆的谎言和神秘莫测的真理，两者时而天差地别，时而只有一步之隔，容易让人分不清楚，人类实在是可笑又可怜。

李可意味深长地望着陈寒，两只手转动着空空的杯子，然后移开视线，淡然道："今后我不会再干涉你和丁晓彤的事情，也请你答应我一件事，永远不要把乔乔的秘密说出去。我们扯平了。"

李可说完就要走，陈寒赶紧挽留，说是希望他继续留在公司当副总。即便 NAMA 公司跟他解除了协议，但是陈寒希望他们仍然可以是朋友、是同事。

李可有些诧异。他问："你那么放心我吗？不怕我哪天又要对你不利？"

陈寒道："你和程飞不是和平友好共事那么多年吗？其实我就是他，他就是我。你把我当作程飞不就好了吗？我可以确信你本质并不坏，而且我们之间没有根本性的冲突。只不过你有你自己的观点，以后吸取教训，永远不要再犯错就好。"想了想，他马上又加了一句："不是有一句话叫吃一堑，长一智吗？我对你已经有所防备，再要动手，你不是我的对手。我把丑话也说在前头，你如果再有什么出格的举动，我的公司可没什么商业秘密，完全可以报警。"

李可犹豫了一阵儿，点了点头，同意继续回公司上班。毕竟他为这家公司确实耗费了不少心血。

|第十八章|　往　事

一

陈寒去世后，乔乔难过了好久。

上课的时候，乔乔经常看着窗外发呆；课间的时候她也不太爱搭理人了，总是坐在桌前乱涂乱画着，和别人说话也老是心不在焉的。那个爱说爱笑又有点儿小骄傲的乔乔不见了，取而代之的是一个整天哭丧着脸的"怨妇"。

李可看着这样的乔乔心里特别难过，他每天都在乔乔身边开导她，给她买饮料，买好吃的，送她回家，请她吃饭，帮她记作业。李可真的希望乔乔可以从陈寒去世的阴影中走出来。

李可和乔乔报了同一所大学。在大学的校园里，李可依旧和乔乔一起吃饭，一起去图书馆，一起看电影。乔乔渐渐觉得李可越来越可爱了，有的时候她发现自己越来越需要李可的陪伴，她也习惯了和他在一起。

在李可生日那天，乔乔给李可订了一个大蛋糕，她亲手点上蜡烛，对李可说：“李可，祝你生日快乐！还有，我发现我一直是一个大傻瓜，有一个那么真心的人陪伴在我的身边，我却一直都忽视了。不知道从哪天开始，我变得越来越离不开你，开心的时候第一个想要和你分享，难过的时候也第一个想要找你说心事，看到你生病了也会很着急、很心疼。李可，我发现我已经喜欢上你了。”

李可目瞪口呆，眼睛一下子盈满了泪珠，他激动地说：“这么多年过去了，本来我都以为没有希望了，真的感谢上天给了我这个机会，乔乔，我们在一起吧！”

就这样，李可和乔乔终于牵起了手。

他们两个一起度过了非常美好的大学时光。每到周末，李可总会拉着乔乔一起出去玩儿。他们俩一起吃老北京的早点，一起骑车穿过长安街，一起去南锣鼓巷买小饰品，一起去动物园看动物……

乔乔觉得，自己能遇上李可真的是三生有幸，李可总是能包容自己的坏脾气，在生活中也特别照顾自己。

二

毕业以后，李可和乔乔两个人顺理成章地结了婚。

婚后的生活开始特别幸福。乔乔在一所学校当小学老师，自己的空闲时间很多。李可刚上班的时候也不忙，两个人周末的时候还像上学的时候那样，手拉手逛遍整个北京城。两个人经常利用假期出去旅游，旁人眼里，他们俩是最羡煞旁人的恩爱夫妻。

后来，李可在公司的事业蒸蒸日上，越来越忙，回到家的时候乔乔往往已经睡下了。乔乔经常跟李可抱怨他没有时间陪伴自己，李可每次都说自己忙着赚钱。同时，李可发现自己对乔乔的感情越来越淡了，结婚后，他发现自己当年喜欢的那个班花好像变了一个人。她有的时候会很邋遢，懒得梳洗；她经常丢三落四，总是把家里重要的东西乱放；她经常在自己特别忙的时候给自己打电话让自己陪她……有的时候李可加完班宁愿在外面瞎溜达也不愿意回家面对乔乔。

在一次公司的活动中，李可结识了一个非常漂亮的女人，她叫小玫。小玫频繁地约自己出去吃饭逛街，他渐渐发现自己对小玫非常迷恋。小玫非常性感，对男人有着致命的吸引力。刚开始，他一直告诫自己这样的感情是错误的，但是到了后来，他发现自己不知不觉已经控制不住自己的情感了。有一次，两个人在外面喝醉了，醒来的时候，李可发现他们躺在酒店里，他吓坏了。小玫凑过来对他说："李可，我从见到你开始就很喜欢你，我不想得到什么，只想偷偷地跟你在一起。"李可傻傻地看着她，突然给了她一个深情的吻，含情脉脉地对她说："我也很喜欢你，我再也不想压抑自己了。"

之后，他们经常保持着这样的地下约会，李可回家的时间越来越少了，即使是周末他也总是借口加班和小玫在外面鬼混。乔乔总是在李可在外面的时候给他打电话，她觉得自己的老公对自己越来越冷淡，女人的直觉告诉她，李可真的不怎么爱自己了。

乔乔在无数的夜里失眠，翻来覆去地睡不着，默默流泪。明明那么爱自己的李可，从哪天开始慢慢对自己冷淡了呢？她怎么想也想不通，而更可悲的是，她发现自己对李可的爱和依赖却越来越深了。

乔乔开始变得越来越憔悴，讲课的时候也不在状态，每天脸都是灰蒙蒙的，黑眼圈特别重。

有一次，李可睡着了，乔乔却久久不能入睡。这时候李可的电话亮了，屏幕上出现了小玫的名字。乔乔悄悄拿起电话，走到阳台，按下了接听键，耳边传来一个娇媚的女声："亲爱的，怎么那么久才接电话，我想你了。"

乔乔愣住了，一下子不知道该说什么，电话那头的小玫一下子意识到了什么，她说："你是李可的太太吧，既然你已经发现了，那我也就不掩饰什么了，我和李可是真心相爱的，他早就不爱你了。"

乔乔听了之后，眼泪一下子就流了下来，她慌忙地挂断电话，回到房间把李可叫醒。

睡得正香的李可不耐烦地睁开眼睛，看到满脸泪痕的乔乔，突然意识到发生了什么事，乔乔声嘶力竭地喊着："李可，小玫是谁？你们在一起多久了？你曾经那么爱我，为什么现在却和别的女人在一起？我想不通！"

面对着乔乔的质问，李可的内心非常愧疚，他不知道该说什么，好像说什么都是错的。他一言不发，穿好衣服走出家门。他来到大街上，不知道自己想去哪里，突然觉得心里好乱，想起了自己和乔乔以前在学校里的日子，他们那时候多么幸福，但是自己亲手毁了这幸福。他想要逃避，于是一连一个星期没有回家，不接乔乔的电话，也不接小玫的电话，他没日没夜地工作，晚上就睡在办公室，他不知道自己到底爱的是谁，不知道自己怎么面对接下来的感情，只能让自己麻痹在没完没了的工作中。

一个星期后，李可收到了一条乔乔的微信："回家一趟吧。"李可回到了家，却发现有点儿不对劲儿，空气里全是血腥味儿，他满屋子找了一圈，最后来到浴室，他发现乔乔在浴缸里割腕自尽了，整个浴缸被血染成了殷红色，乔乔紧紧地闭上了眼睛。李可连忙拨打了120，但是已经来不及了。

三

乔乔给李可留下了一封遗书。

亲爱的李可：

当你看到这封信的时候，我已经不在这个世界上了。

起初我觉得自己是一个特别幸运的女人，有一个这么爱我的男孩儿，从我上高中的时候就开始陪伴我一路走来。可是我没想到，属于我的幸福这么短暂。结婚后两三年开始，我越来越能感觉到你对我的感情变了。我起初也怀疑你为什么有那么多班要加，其实有很多次我都想要趁你不在的时候偷偷翻你的手机，但是最后还是忍住了，我选择相信你。直到我接到那个女人的电话，我的世界全部崩塌了。我本来想听你解释，想着如果你改过自新了，我就原谅你，我们像以前一样过日子。没想到你消失了一个星期，我打爆了你的手机你都不接电话。我的心真的好痛，早上起来发现头发掉了一大把。我不是一个很坚强的女人，所以我最后想要用死来结束这一切，结束这所有的痛苦。李可，我们可能还是缘分未到，来世再相爱吧！

乔乔

李可看完信后，一下子大哭起来。

四

李可再也没有理过小玫。

他在深夜里经常睡不着觉，经常反复想起自己和乔乔在一起的日子。她是他那么久才追到手的女人，自己为什么因为一时的鬼迷心窍而让她付出生命的代价？李可觉得自己就是一个十恶不赦的浑蛋。

后来，李可找到了NAMA公司，见到了姜科学博士，他惊异地发现他的高中同学陈寒竟然以程飞的身体继续存在着。他希望姜科学博士能够制造出乔乔的机器人，但是他拿不出那么多钱。

姜博士说："如果你愿意终身替我卖命，我可以帮你复活乔乔，不过只能制作三个。"

李可听了之后拼命点头，他满脸泪水地对博士说："乔乔是因为我而死的，是我害死了她！她真的是一个很善良很单纯的女人，我却因为自己一时的鬼迷心窍让她走到自杀的地步！结婚之后，我很少关心她，为什么我到现在才明白？后悔也没有用了！我真的好心痛啊！"

姜博士又同情又无奈地看着李可说道："年轻人，早知如此，何必当初啊！不过，乔乔即使被制造出来，也不会记得你，这样你也要把她制造出来吗？"

李可使劲儿地点头："只要能看到她重新出现在这个世界上，对我来说就是最大的安慰了，我不希望她再记起我，我宁愿她永远忘记我，永远忘记我曾经做过的事情，忘记我对她的一切伤害。我真的希望她在这一世能够简简单单地度过她的一生，不要再承受那些肮脏的东西了。"

博士听完后，郑重地点了点头。

于是，乔乔被制造出来了，姜博士让她在 NAMA 公司做前台，她失去了记忆，不记得李可是谁。而李可则成为程飞的监护人，来到程飞的公司同他一起工作。

| 第十九章 | 夭折的新郎

一

陈寒给丁晓彤打电话，要约她去游泳。

丁晓彤有些犹豫。虽说是室内游泳池，冬天和夏天都保持恒温，可是想想还是觉得冷。

"去嘛！去嘛！今天不知道为什么就是想游泳。"陈寒说道。

丁晓彤的嘴角浮现出一丝笑容，勉为其难地答应了。谁让你接受一个十八岁的男朋友？人家就是任性。

丁晓彤穿着泳装，跟在陈寒身后游了一段后，趴在泳池边沿休息。

这时候三个十七八岁的少女朝着泳池走来，全身上下充满活力的样子，小姑娘互相泼水，愉快地嬉笑着。

丁晓彤看着眼前的一幕，突然间百感交集，忍不住趴在岸边默默流泪。

陈寒走到她身边，弯下身："你哭了？"

丁晓彤掩饰道："没有，刚才呛着水了。"

陈寒看了看那几个嬉水的少女，再看看丁晓彤，很快明白了原因。他本来已经上岸，重又跳入水中，轻抚丁晓彤的脑袋，说："我知道你在担心什么，该来的总会来的，不要去想以后。从今天开始，每一天我们都当作新的一天，害怕失去比失去本身更可怕，好好享受现在，好吗？"

丁晓彤点点头。

陈寒深情地凝视她道："晓彤，嫁给我，我们结婚吧！"

丁晓彤愣了愣，这算什么？求婚？太随意了吧？

陈寒似乎看懂了她的心事，狡猾地笑着说："如果你同意，我要非常正式地向你求婚。"

丁晓彤嫣然一笑，扎进陈寒怀里道："结婚的话，再给我一些时间，我还没有准备好。"

陈寒温柔地说："好，你准备好了再说。"

两人游累了闹够了，又去好好地享用了一顿大餐。

二

恋爱之后的丁晓彤开始爱打扮自己了。这不，约会的这一天早上，丁晓彤爬起来换好衣服，看看镜中的自己，穿着一条花裙子，妆容无比美丽，禁不住笑逐颜开。等下见到陈寒，他应该会被惊艳到吧？

另一边的陈寒虽然表面上仍然保持着耐心和风度，可是，这个丁晓彤同学，也让人等得太久了吧？陈寒抬腕看看表，心里不免嘀咕。

他在咖啡厅里一边用大屏幕手机办公，一边等丁晓彤。这个平常很守时的女孩子已经让程飞等了一个钟头。

突然，陈寒感觉到一个人在慢慢靠近，他转头一看，首先映入眼帘的是一条红地儿花裙子，视线慢慢上移，才看到丁晓彤一脸灿烂的笑容。

这时陈寒突然觉得自己的眼睛花了，眼前白茫茫的一片，而且还伴随着头晕。他用手蒙住眼睛，喃喃道："丁晓彤，你把我的眼睛都晃花了。"

丁晓彤咯咯笑着在陈寒身边坐下来，她认为陈寒在开玩笑，故意说得这么夸张。

陈寒把手挪开，眼睛瞪大，转动眼珠，眼前还是白花花的一片，其他什么也看不见。他只好又把眼睛蒙起来，过了一阵儿，再移开手，还是看不见。

以前从来没有出现过这种情况，陈寒觉得非常奇怪。

丁晓彤扑上去，把陈寒的手拿开，撒娇地笑着叫道："好了啦！有那么严重吗？你在干什么嘛！"

陈寒这才渐渐又看清楚了丁晓彤，视力是从模糊慢慢到清晰的。陈寒只觉得这种感觉有些异常，却无论如何也想不到，这已经是一个凶兆。丁晓彤就更加没有觉察了，她从头到尾认为陈寒不过是在逗她开心。

"怎么都不夸我几句？"丁晓彤歪头笑道。

"好，我们家丁晓彤今天真是美翻了！太漂亮了！穿着这么闪亮的花裙子！"陈寒笑着说，马上再补充一句："还真是把我眼睛亮瞎了！"

丁晓彤问："还有呢？"

陈寒看看她，道："还有？还有就是等得我好心慌，嗯，现在还有点儿心慌。等了你一个多小时。"陈寒说着，揉了揉自己的胸膛。

他的胸口还真是不太舒服，这其实是另一个预兆。

丁晓彤不依不饶道："等一个多小时算什么？我都等了你十几年了好吗？"

陈寒笑道："好好好，我知道是我亏欠你，赶紧补上，先把你的嘴堵上。说吧，想吃什么喝什么？"

丁晓彤叫道："我要吃大餐，吃最好最好的东西。"

陈寒一直满脸笑容，喊来服务员，一口气点了一大堆东西。

等餐的时候，陈寒说："晓彤，告诉我，这十几年你是怎么过来的。把重要的事情通通告诉我。"

丁晓彤却道："我快要饿晕了，吃完饭再跟你说。"

三

丁晓彤的大学是在南京念的。

南京算得上是一个美丽的城市，简称"宁"，又被称为"金陵""建康""石头城"，位于长江下游，非常富饶。同时南京是中国古都之一，素有"六朝古都""十朝都会"之类的美誉。

在中国南方，几乎稍微有历史的大城市里都有巨大的法国梧桐树。比如上海、长沙、武汉，都跟南京一样。丁晓彤最喜欢的事情是去爬紫金山，然后就是在法国梧桐树下瞎逛。

正是在一条种满高大法国梧桐树的街上，丁晓彤遇见了大学期间的男朋友肖同。

那是一个周末，丁晓彤一个人在梧桐树叶飘飞的街道上漫无目的地走。那是一个阳光明媚的深秋下午，即使有树叶随风飘落，倒也并不寒冷。丁晓彤穿着一条粉色的灯芯绒裤，一件同色格子衬衫，长发随意披着，浑身上下洋溢着纯净、简单的美。

也许是陈寒去世的事件给她的打击太大了，丁晓彤又重新变得沉默，不太喜欢交朋友，比以前更加愿意独处。

走着走着，突然听到男孩子的声音大叫："肖同，肖同。"

丁晓彤本能地答应了一句，然后四处张望，因为听起来太像在叫她了。

她一转头，发现两个男孩子莫名其妙地望着她。

这真是尴尬了。

丁晓彤正打算溜走，两个男生快步走近，问道："你也叫肖同？"

三个人说了一会儿话，丁晓彤这才知道两个男生是邻校的大学生，其中一个叫肖同，另一个叫张伟。

这个叫肖同的男生和陈寒是完全不同的类型，肖同很朴实，朴实得简直有些"土"，但他很聪明，读书特别用功。一来二去，肖同开始追丁晓彤。

丁晓彤对肖同起初仅仅是有好感，发生了一件事情之后，两人才逐渐成为一对恋人。

那次三个人去爬紫金山，爬到半山腰时，张伟接到电话，竟然是他暗恋的女生打给他的，他惊喜得不行，马上说要去找那个女生，把肖同和丁晓彤扔下不管了。两个人一时玩儿得高兴，忘了时间，不知不觉竟然快要天黑了。他们慢慢开始手牵手，在充满植物芬芳气息的路上走着，准备返回学校。这时突然出现两名戴墨镜的陌生男子要抢劫他们的东西。肖同赶紧把自己的钱包拿了出来，而丁晓彤却拦住，说道："慢！"

其中一名男子嘴里不干不净地骂人，伸腿踢丁晓彤。丁晓彤毫不含糊地飞出一脚。两人交手，丁晓彤把那名男子打晕了，但是她自己也小腿骨折。肖同在一旁打电话报警，巡警几分钟就赶了过来，把晕倒的犯罪分子带走了。他的同伴见势不妙，转身逃了。

事后肖同猛夸丁晓彤，说想不到自己的女朋友看起来挺文静，却是个会功夫的"猛女"。

警察打算表彰丁晓彤，被她很坚决地拒绝了。丁晓彤可不想让大家都知道她，何况自己的腿也受伤了，于是在家躺了一个月。伤好之后她继续安安静静上学，没几个人知道这件事。

大学毕业之后，肖同要回湖南老家，邀请丁晓彤一起去湖南长沙发展，而丁晓彤更向往上海。两人异地保持了大半年的联系。后来一个女生爱上肖同。丁晓彤敏感地发现肖同开始冷落她，微信回得越来越慢，睡前的问候也渐渐减少，于是两人和平分手。

丁晓彤在上海一家证券公司做了两年客服，觉得索然无味，于是回到北京，另谋职业。她选择了自己一直喜欢的健身行业，毅然报名参加专业培训。经过一番努力之后，她正式成为健身房的教练，直到今天。

陈寒听得入迷。

丁晓彤边大吃烤鳕鱼边说："那时候我吃了很多方便面，雪菜肉丝味的；还看了很多美剧，最喜欢《行尸走肉》。好了，汇报完毕。"

陈寒听得意犹未尽，笑道："如果肖同愿意一直跟你在一起，或者你愿意跟随他，说不定你就不会再遇到我了吧？"

丁晓彤喝了一口红酒，道："完全有可能啊！不过我们之间更加有缘分。"

陈寒特别严肃地说："晓彤，不知道为什么，我特别想跟你结婚。我想好好照顾你。"

丁晓彤想了想，说道："行啊！你先去我家一趟吧！我得给我爸爸妈妈一个交代，他们一天到晚怕我嫁不出去。"

陈寒笑道："如果我不出现，说不定你真的嫁不出去。你这么凶，除了我，谁敢娶你啊！"

丁晓彤作势要打他，陈寒赶紧求饶。

四

丁晓彤的爸爸妈妈住在向阳中学附近的一个小区里。丁爸爸年轻的时候是警察，后来转岗成了一名普通公务员；丁妈妈是继母，一名小学老师，两位老人都快要退休了。晓彤的亲生妈妈已经离世十几年了。

这个周末，丁晓彤事先没跟父母说明陈寒的来意，只说要带一个朋友回来吃午饭。丁妈妈在电话里问："什么朋友啊？男的还是女的？"丁晓彤支支吾吾地说是男的。丁妈妈一听，马上偷偷乐了。因为丁晓彤很少带朋友回来吃饭，女性朋友只带过健身房的同事小敏，男性朋友从来没有带进过家门。今天来的，估计就是已经非常靠谱的男朋友了。她马上把这个消息告诉丁爸爸，两个人乐呵呵地忙活起来。

这个小区的绿化相当好，既有四季常青的棕榈树、桂花树，也有落叶的银杏树，每隔一段还有花坛。即使在冬天，各种花儿也开得五颜六色。

在小区里走了一阵儿，陈寒愁眉苦脸地对着丁晓彤道："我怎么变得紧张起来了？"他一只手提着果篮，一只手提着一瓶很昂贵的名酒。丁晓彤怀里抱着一束鲜花，芳香四溢。她把花束换一只胳膊抱，俏皮地白了陈寒一眼道："丑媳妇儿见公婆了吧！"陈寒张口结舌道："这句话要用到你自己身上！"只要丁晓彤父母没有意见，他们打算过一个月就结婚。两人达成了一个共识，不能跟老人说出陈寒的真正身份。估计他们不会同意让女儿嫁给机器人。

丁晓彤为了给自己父母一个缓冲，明明有门禁卡，故意在楼下按响可视门铃。

丁妈妈兴冲冲地去开门，然而在屏幕上一眼看到陈寒的样子，心都凉了一截，按下开门键之后，她叫道："老丁，咱们白高兴了！来的是一个毛头小青年，估计是晓彤新来的同事，小师弟之类的人，来家里蹭饭吃呢！早知道这样我搞得那么丰盛干吗？"

丁爸爸倒是不觉得扫兴，他乐呵呵道："你反正喜欢瞎张罗。不管来的是谁，闺女回家我就高兴。"

丁妈妈失望地"哼"了一声。

陈寒跟着丁晓彤进了电梯，丁晓彤在电梯里兴高采烈地对着陈寒做鬼脸，故意把自己的脑袋跟他的脑袋挤在一起。丁晓彤这样做其实是为了让陈寒放松下来。陈寒被她带动了情绪，也做鬼脸回应，两个人一起哈哈大笑。

电梯刚到，丁晓彤家的门就开了，丁爸爸乐呵呵地招呼道："我们家晓彤回来了，还带来一个小朋友，欢迎欢迎。"

听到丁爸爸说"小朋友"，陈寒心里又是温暖又是尴尬，他赶紧把那瓶酒递过去道："叔叔好，这是我送给您的礼物。"

丁爸爸是识货的，他接过来道："这，这酒你哪儿买的？千万别买到冒牌货。这酒很贵的，几千块一瓶啊！"说实话，丁爸爸这辈子就只喝过几小杯这种酒，那次是他获得了国家级别的表彰，单位领导小范围为他庆功，特意用了这种酒，丁爸爸一直记得那种滋味，知道它是真正的名酒、好酒。

陈寒把果篮放在客厅的茶几上，低调回应道："放心，我特意在专卖店里买给您的，不会有假。"

丁爸爸摇着头连连说："这太破费了！"

丁妈妈起初只是对着陈寒礼貌地点点头，两个男人的谈话内容让她有些狐疑，这个男孩子什么身份？只是吃个饭，不用这么隆重吧？

"晓彤，你要对爸爸妈妈介绍一下你的朋友啊！"丁妈妈微笑着说。

丁晓彤"哦"了一下，把花放好，转头对陈寒道："你还是自我介绍吧！我从头到尾没有跟我爸妈说过你。"

陈寒的脸红了，紧张得不敢看两位老人，盯着丁晓彤刚刚放好的花，鼓起勇气道："叔叔阿姨，我是晓彤的男朋友，准备向晓彤求婚。"

丁爸爸丁妈妈一瞬间呆住了，同时"啊"了一声。半天两人才回过神来，相互交换了一下眼色，丁妈妈道："求婚？可是你看起来都没有二十岁！"

陈寒已经镇定下来，回答道："叔叔阿姨，我只是看起来年轻而已。我跟晓彤差不多大，请相信我肯定可以好好照顾她。"

丁妈妈狐疑地问："差不多大？你看起来还像个学生啊！"

陈寒尴尬地摸着自己的头发道："可能是我头发剪得太短了，这种发型特别显年轻。"

丁晓彤赶紧附和道："是啊，这种发型，大学校园里很流行。"

丁妈妈还想说什么，丁爸爸赶紧打断道："好好，先吃饭！先吃饭！"

吃饭期间，丁晓彤不时打圆场，叽里呱啦说个不停，丁爸爸丁妈妈也不便问得太多，好不容易吃完饭，丁晓彤拉着陈寒就开溜了，说是要加班。

两位老人面面相觑，最终默许了这桩婚事。

五

丁晓彤哼着歌走进健身房。

同事兼闺密小敏狐疑地问道："喂，你应该是谈恋爱了吧？"

丁晓彤笑道："这都能看出来，也是服了你了。"

小敏假装不高兴道："太不够朋友了吧？有男朋友都不带给我看看。"

丁晓彤爽快地说道："没问题呀，今晚一起吃饭呗！反正我们都准备结婚了。"

小敏眼睛都瞪圆了，诧异道："这么快？"

丁晓彤耸耸肩，也不解释。

小敏穷追不舍地问道："是什么样的帅哥能这么快迷住你啊？"

丁晓彤粲然一笑，说道："你见了就知道了。我要先忙啦！"这几天丁晓彤确实事情比较多，陈寒也忙，这对小情侣已经两天没见面了，事先已经约好了晚上一起吃饭，丁晓彤临时决定带小敏一起去。

咖啡厅里，丁晓彤和小敏有一句没一句地闲聊，边喝饮料边等陈寒。

陈寒出现的时候，小敏一脸的花痴，觉得陈寒非常帅；而丁晓彤却变了脸，完全愣住了。

因为此时的陈寒看起来跟程飞简直一模一样，甚至显得比程飞还要稍微老一点点，他的鬓角有些白发，头顶发灰，眼角也有明显的细纹，眼圈发青，皮肤也比以前粗糙很多，整个人看上去十分疲惫和憔悴。不知道为什么，丁晓彤总觉得眼前的陈寒随时会倒下，显得特别脆弱。

丁晓彤情不自禁地揉揉自己的眼睛。只不过两天没见，为什么陈寒的外貌会发生这么大的变化？这太奇怪了！难道是自己感觉错了？然而碍于小敏在，丁晓彤也不好说什么，只能装成没事人。

丁晓彤虽然有些惊慌，但她不愿去猜想这可能是不好的兆头，而宁愿认为陈寒变得和她一样大是一件好事。她定定地望着陈寒，表情掩饰不住地有些复杂。

小敏却连说了几声："你的男朋友真帅！"

而陈寒似乎对自己的变化一丝一毫都没有察觉。他笑容满面地叫服务员拿酒来，说是认识新朋友，必须有酒助兴。其他的食物两位美女已经事先点好了，这时都上齐了。

小敏叫道："丁晓彤，你保密工作做得太好了吧！这么优秀的王老五被你钓到，也不说一声，是不是怕我抢啊！"

丁晓彤也高兴地答道："是啊，我好怕呀！我抢东西从来抢不过人家！谁跟我抢我都认尿。"

小敏开玩笑道："那我就不客气了，开始抢了啊！"说着故意去拽陈寒的胳膊。

陈寒哈哈笑道："看看你们，把我当成什么东西啊？"

丁晓彤和小敏同时叫道："你不是东西。"

话音一落，三个人同时傻笑。陈寒举杯道："来来来，我们先干一杯！"

三只酒杯碰到一起，大家都干了。

小敏叫道："丁晓彤，罚你们两个当我的面喝交杯酒！"

陈寒马上表态道："没问题！"

丁晓彤也大大方方地配合，两个人伸出自己的胳膊缠绕在一起喝下了这杯酒。

小敏高兴地鼓掌。

然而就在这一瞬间，酒杯摔在地上，陈寒的目光渐渐失神，身体一下子倒了下去。

丁晓彤一把扶起陈寒，紧紧抱着他，一声声喊他的名字。

"陈寒！陈寒！陈寒！"

四周的音乐声和说话声越来越弱。

在丁晓彤的怀里，陈寒失去了知觉。丁晓彤呆呆望着陈寒，泪水涌了出来。小敏吓坏了，连忙说："快，我们送他去医院吧！"她拿起手机，准备拨打急救电话。

丁晓彤却摆手制止了她："别，别！他不是生病，医院也救不了他。"

小敏放下手机，疑惑地道："怎么回事？他这个样子……不送医院能行吗？"

丁晓彤脸上挂着泪珠，摇了摇头说："他这是遗传的毛病，让他休息一会儿，有人会接他回家。"

她怔怔地凝视着躺在怀里的陈寒，滴下的泪水打湿了他英俊而苍白的脸庞。

不一会儿，姜科学博士带着两个人突然出现了，他沉着地说道："把他交给我。"然后他们把陈寒背走了。

机器人头部那一小块芯片发射出去的警示信号，姜科学随时都能接收到。

丁晓彤心痛得说不出一句话，她明白这是又一个陈寒离她而去了，去得如同程飞一样，毫无预兆。小敏紧紧抓住丁晓彤，又惊讶又不知所措，不敢出声。

丁晓彤傻傻愣在原地，好一会儿，小敏摇了摇她的手臂，问道："他们是什么人？把你男朋友带去哪儿了？要不我们去找找吧？"

丁晓彤摇头道："找不到的。小敏，我们各自回家吧！假如有必要，我会告诉你发生了什么事。你什么也别问我。"

小敏点点头，可依旧不放心，最后还是坚持把丁晓彤护送到家才离开。

| 第二十章 |　　研　讨

一

阿尔卑斯山脉的夏天非常舒适。

人类基因工程研究所的某间办公室里，电话铃声响了起来。

韩一梅接听，是姜博士的声音："韩女士，非常抱歉地通知您，第三个陈寒，曾经命名为陈三好的机器人，已经被销毁。我们等待您的指令，看看什么时候激活第四个陈寒。"

韩一梅又震惊又疑惑，问道："这一个陈寒存活的时间怎么会这么短？如果我没有记错，才半年吧？"

姜博士道："我们也觉得非常遗憾和抱歉，但是，NAMA 公司跟您签约的时候就预先声明过，仿生机器人，性能是不稳定的，各种意外情况都可能发生。"

韩一梅神色黯然，叹息一声，打起精神道："这样，我特意回国一趟，麻烦您召集相关人员，我们会商一下，再激活下一个陈寒。陈寒的女朋友丁晓彤，由我负责邀请。如果可以，请帮我查到她的联系方式。"

姜科学道："这个没有问题，我们有丁晓彤的地址。"

丁晓彤把自己关在房间里，关掉了手机，三天没有出门。这期间，她没有刷牙、洗脸、洗澡，就好像一个病人一样躺在床上发呆。她只打起精神煮过一包方便面，叫过一次外卖，然后就只是偶尔喝水，整个人看起来非常憔悴。

她实在无法形容那种眼睁睁看着自己心爱的人在身边慢慢倒下，然后失去知觉的悲伤。

好端端的人，突然倒下去，然后离开自己。

她整天以泪洗面，用手捂住自己的脸。

突然响起敲门声，丁晓彤有些犹豫。她不太清楚是什么人来敲门。自己的爸妈？小敏？应该也就只有这几个人知道她的住址。

敲门声又响了起来。

"谁？"丁晓彤警惕地问。

"我是韩一梅，陈寒的妈妈。"

丁晓彤惊讶地把门打开。原来是姜科学博士回访陈寒的时候，偶然发现了丁晓彤的住址。韩一梅回国之后，打丁晓彤的电话一直关机，姜科学这才把丁晓彤的住址告诉她。

"阿姨，可以告诉我您的来意吗？"丁晓彤倒了一杯水，直接发问。她知道这样其实不礼貌，可是这些日子她天天泪流满面，脑回路里只有最简单的思维模式。

韩一梅接过水，叹了口气，并不直接回答，她四处张望了一阵儿，目光落在墙上张贴的喷绘图上。丁晓彤和陈寒依偎着，满脸甜笑，站在一棵古老的银杏树下。

丁晓彤解释道："这是程飞带我去银杏谷的时候拍的，他说相当于陪我度蜜月。"想起那些快乐的时光，而今程飞却没有踪影，不由自主地，丁晓彤的泪水又涌了出来。

"这照片多美呀！你们两个，比好多画上的人还漂亮。"韩一梅赞美着，却有些哽咽。

丁晓彤索性趴在沙发上，哭出声来。

韩一梅轻轻拍着她，也抹起了眼泪。

过了好一阵儿，丁晓彤渐渐平静下来，韩一梅这才叹息着说："我特意来邀请你参加激活第四个陈寒的讨论会。因为，现在最了解陈寒的人是你。"

丁晓彤却突然捂住耳朵尖叫："你不要再跟我说陈寒！我永远不想再看到陈寒！他根本不是陈寒，只是一个机器人！假的，都是假的！"说完，她放声痛哭起来。

韩一梅脸色煞白，不知道说什么好。

过了好一阵儿，韩一梅问："晓彤，你确定真的再也不管陈寒了吗？你真的要如此冷酷吗？"

丁晓彤抽出一张面巾纸，拭去泪水，说道："阿姨，不是我要冷酷，是命运对我们太冷酷了！你的痛苦，我能够理解。可是没有人能够体会到我的感情。你根本无法想象，一个你以为死了十几年的人会突然出现，出现之后，他带你到世界上最安静、最美好的地方去度假，然后，明明说好一起吃饭，这个人却再也不会出现了。你根本就不明白，就在你再一次死心以后，又出现一个看起来和陈寒一模一样的人，他都准备跟你结婚了，都在喝交杯酒了，却喝着喝着就失去知觉。这种痛苦是什么样的痛苦！我受够了！我不要再见到陈寒！不要！我要彻底放弃他！"

韩一梅呆愣了好久才回答："我怎么可能不明白！你还说得出来你的痛苦，可是我曾经经历过的痛苦，根本说都说不出来。正因为无法忍受这种痛，所以我选择逃避，远走欧洲。"

丁晓彤只顾擦眼泪，不言不语。

韩一梅递过一张名片道："这是 NAMA 公司姜科学博士的名片，上面有地址和电话。明天上午九点，我们会一起讨论让第四个陈寒复活的方案。假如你愿意，欢迎你参加；假如你真的决定从此和陈寒不再有关联，我理解，也尊重你的抉择。阿姨不怪你。"

韩一梅默默离开。丁晓彤抽泣着，颓然倒在床上，用被子蒙住头。

二

上午九点，NAMA 公司的会议室里，韩一梅、姜科学、朱明珠聚在一起，专门就陈寒的新生做专题研讨。乔乔负责记录。

姜科学看了韩一梅一眼。韩一梅知道这一眼的意思，是在询问丁晓彤会不会来。她平静地道："我们开始吧！"其他的话，什么也不多说。

姜博士看了一眼乔乔递来的资料，清清嗓子，说道："三号陈寒，陈三好，情况远远不如二号程飞乐观，程飞存活了十二年之久，而陈三好仅仅存活了 189 天。究竟是什么原因，我们掌握的资料根本不足以得出合理的解释。当然，仿真机器人本来就是尖端科技，存在太多不稳定因素。因为人体系统是非常复杂的……"

正在这时，会议室的门突然被敲响了，一名工作人员带着丁晓彤出现在门前。

丁晓彤头发乱乱的，脸色很不好，没有化妆，黑眼圈也特别严重。她整个人显得格外憔悴，给人一种生了大病的感觉，但是她的眼神却异常坚定。

韩一梅站起来,把丁晓彤领到自己身边坐下,耳语般轻轻说道:"谢谢你能来。"

丁晓彤和韩一梅彼此交换了一下坚定的眼神,坐定之后,朱明珠发言道:"三号陈寒之所以存活期短,应该是有原因的,至少是有某些预兆的。丁晓彤,你能不能说说你的判断?"

韩一梅鼓励地握住丁晓彤的手,丁晓彤却有些茫然,一时不知从何说起,张张嘴,想说什么,"哦"了一声,转头看着韩一梅。

韩一梅道:"我们现在是讨论陈寒突然去世的原因,你想起什么就说什么。"

姜科学启发道:"比如说,陈寒失去知觉之前,你们刚好在喝酒。你觉得三号活得太短跟喝酒有关吗?"

丁晓彤皱着眉头道:"我,我不知道。其实我们以前也喝过酒。"

朱明珠道:"我反对。单纯喝酒,应该影响没那么大,以前程飞喝酒很厉害,他却存活了那么久。我觉得酒最多只是一个诱因。"

姜科学点头表示接受朱明珠的说法。

韩一梅对丁晓彤道:"你仔细回忆一下,陈寒有些什么让你觉得奇怪的地方?一些奇怪的举动、语言、现象,都可以说出来,我们大家来分析。"

丁晓彤想了想,突然恍然大悟,说道:"我想起来了,有一次,陈寒说我的花裙子把他的眼睛闪瞎了。然后好像有那么好一阵儿,他真的什么也看不见,所以他闭上眼睛又睁开,然后再闭上又睁开,我就感觉他好像真的失明了一样。当时我以为他只是在开玩笑,只是觉得好笑。"

朱明珠解释道:"三号陈寒出现过短暂失明,这说明他的视神经或者大脑神经有严重堵塞。事实上,二号陈寒,也就是程飞,脑部就堵塞过大量瘀血。"

姜科学点头同意。

丁晓彤接着说道："还有，最后一次见面，我跟陈寒仅仅是两天没见。短短两天时间，我发现他似乎快速衰老，就像传说中的一夜白头，突然就从十八岁的少年变成一个中年男子的模样。那天的陈寒和程飞几乎一模一样，只是白头发更多，而且皮肤很粗糙，眼圈发青。"

韩一梅惊疑地问道："真会一夜白头？"

姜科学道："三号陈寒有突发性快速衰老的状况，这个我也发现了，而且衰老是从头部开始的。"

朱明珠于是建议，四号陈寒的脑部零件最好换一种材料，要使用那种更加耐腐蚀、更加不容易被氧化的。姜科学为难道："这样的新材料我们当然也有，但是预算会更高。定制机器人的任何重新改变都需要额外的资金支持。"

韩一梅立刻表态，说钱不是问题。因为陈寒的父亲确实留下大笔财产，加上之前程飞经营的公司也有很强的盈利能力。

他们讨论的时候，丁晓彤四处打量。当她的目光接触到乔乔，立刻锁定了目标，目不转睛地盯着乔乔。乔乔抬头瞟了她一眼，若无其事地继续做记录。

一进门她已经扫了大家一眼，当时就觉得乔乔眼熟，只是因为心事太多，没太关注她。此刻她看着乔乔做记录的样子，突然认出了她。毕竟当年她们是同学、好朋友。然而丁晓彤突然一震，她猜想乔乔极可能跟陈寒一样是机器人，不然乔乔不可能不认识她，更不可能看起来仍然像十八岁。

四号陈寒的激活方案最终确定了下来。大家准备散会的时候，丁晓彤突然走到乔乔面前问："乔乔，你不认识我了吗？"

乔乔抬起头，美丽的大眼睛里写满无辜，摇着头。

丁晓彤咬咬嘴唇，说道："我是丁晓彤啊！丁晓彤！"

乔乔仍然摇头。

姜科学博士见状，赶紧阻止道："丁晓彤，讨论结束了，请马上离开我们公司。"

丁晓彤却不理会姜博士，直接对乔乔说道："乔乔你知不知道，你是一个机器人！你是机器人！"丁晓彤此番铤而走险，是想知道一个机器人知道自己的真实身份之后，会是什么样的表现。

乔乔先是目瞪口呆，过了一阵儿，突然发出尖叫，捂住自己的耳朵叫道："我不是，我根本不是机器人！"姜科学赶紧上前，干预道："乔乔，冷静一点儿。冷静！"

丁晓彤却安静下来，说道："对不起，我认错人了，刚刚是跟你开玩笑的。"乔乔这才平静下来，嘴里嘀咕道："这个女人，怎么回事！"

姜科学也松了一口气，赶紧把她们往外请。

丁晓彤拉着韩一梅，跟着姜博士进了他的办公室。丁晓彤坚定地说："刚才乔乔的反应你们都看到了，第四个陈寒，我们要更严格地保密，不让他知道自己是机器人。"

姜博士郑重点头道："对，必须保密。不过，不是每个机器人都是一样的反应，也有非常平静的。总之，对别的机器人我们一直是保密的，程飞和陈三好，他们确实属于意外。大约百分之二的机器人会因为不同的原因明白自己是机器人。"

韩一梅喃喃道："看来，有的事情必须保密。"

他们精心设计了四号陈寒的激活方案，详细到包括他醒来时所处的地点。

| 第二十一章 |　　第四个陈寒

一

丁晓彤呆呆地盯着床上还没醒来的陈寒，动都不敢动。

这次让陈寒在她的房间里醒过来，而不是医院病房里，是韩一梅提的建议，得到了姜科学博士的支持。

机器人可以在人为设计的多种场景里醒来，曾经有一个机器人被安排到车祸现场，醒来就说机器人被车撞过，失忆了；也有机器人被送到其他国家才被唤醒。

姜博士将陈寒脑部的芯片信息尽可能修改得更完善一些，避免了前几个版本的缺陷，脑部材料也是更新换代的更优质的产品。这个版本的陈寒显得相对比较成熟，看起来更接近三十岁程飞的模样。

突然，陈寒的眼皮动了动，丁晓彤赶紧靠近了些，大气都不敢出。

过了一阵儿，陈寒睁开了眼睛，迟疑地望着丁晓彤。丁晓彤紧张得不行，心里想："完了完了，陈寒好像不认识我。"

陈寒望了望丁晓彤，又环顾了一下房间，目光落在他们两人的银杏谷合影喷绘上，认真研究了一下，还是什么也不说，过了一会儿，眼睛又闭上了，还紧紧皱起眉头。

丁晓彤叫道："陈寒，陈寒。"

陈寒又睁开眼睛，迷迷糊糊地问道："这是哪儿？我怎么会在这里？"

丁晓彤的心一下子凉了半截，问道："你真的不认识我了吗？"

陈寒犹豫了一下，眨眨眼睛，摇摇头，用很懵懂的样子问道："你，你是谁？"

丁晓彤先是呆住，接着一下子就哭出声来，看起来真是伤心透了。

陈寒先是一愣，然后哈哈大笑道："丁晓彤，我跟你开玩笑的！"他伸出手拥抱丁晓彤说，"跟你开个玩笑，你怎么急成这样？"

丁晓彤止住哭声，怀疑地望着他，问："刚才真的只是开玩笑？你真的认识我？你再说说我叫什么名字！"

陈寒不笑了，认真地说道："你怎么回事啊，丁晓彤？我就只是喝酒喝晕了，睡了一觉，醒来的时候还有些迷糊，你怎么变成这种傻傻的样子？像个小笨蛋！又是担心我不认识你，又是大哭。不是说好我们要结婚了吗？"

就在这一瞬间，丁晓彤明白了，她可以彻底放心了。一切完美过渡，最新激活的陈寒，他觉得自己只是酒喝多了睡了一觉。

好吧！命运终究还是有仁慈的一面，真是谢天谢地。

丁晓彤又哭了起来，这次是喜极而泣。

陈寒翻身起来，手足无措，连声问道："怎么啦？晓彤，你怎么啦？"

丁晓彤突然笑起来，捶着陈寒的胸口道："你这个人讨厌死了！讨厌！"

陈寒看着又哭又笑的丁晓彤，有些糊涂，但他什么都不问，紧紧抱着丁晓彤不放，连声笑道："好好好，我讨厌。"

在陈寒的怀里腻了好久，丁晓彤才起身，端来一杯热水递给陈寒，说是他睡着的时候，他的妈妈韩一梅也回国了，准备参加他们的婚礼。

陈寒一口气喝了大半杯热水，道："那太好了，本来我还有点儿发愁到底要不要通知我妈妈。既然她回来了，你的爸爸妈妈也认可了，那我们的婚礼就简单一点儿，速战速决吧！"

丁晓彤很惊喜这个最新版本的陈寒已经集中了以前几个陈寒所有的优点，能够认出自己，也能认出自己的母亲，他的记忆是连续的。她说道："好是好，就是这些天我累得不行，又紧锣密鼓地筹备结婚，我好有压力！"说着，她走到一旁给韩一梅打电话道："阿姨，陈寒醒过来了，一切都好，也能记起你，等下我们来找你。"

韩一梅挂断电话，脸上露出了久违的欣慰的笑容。她要好好给自己的儿子张罗一场隆重的婚礼。婚后，她要把这对新人带到欧洲，实施一项新的计划。

一项划时代的伟大新计划。

二

婚纱店里，韩一梅坐在休息区喝咖啡，远远看着丁晓彤和陈寒选婚纱。

丁晓彤每挑出一件，电脑技术马上就把丁晓彤本人穿着这件婚纱的样子投影在大屏幕上。即使有投影，丁晓彤还是想感受一下穿在身上的真实感觉。

"这件，你试试。"陈寒指着一件经典的白色婚纱道。丁晓彤马上穿上，简直像一位美丽动人的公主。旁边一件墨绿色的婚纱显得很特别，丁晓彤也试穿了。

说实话，身材这么好的女孩子，真是随便穿哪件都好看。

试了几件礼服之后，丁晓彤选定了一件紫色的婚纱，也为陈寒选了一套深棕色带暗纹的西装。大屏幕上，马上出现一对璧人，是立体真人投影。

韩一梅喝着咖啡，微笑点头，脑子里却回放起自己结婚时的情景，虽然当时婚纱的颜色和款式都相对简单，可是那时候，她和陈博宇多么幸福啊！谁知道命运竟是如此无常呢？幸福如此短暂，一转眼她就要孤单单地度过自己的余生。一切真的就像是做了一场梦。想到这里，她难免有些黯然。

"阿姨，您也挑一件礼服，看看，我为您选的这件怎么样？"丁晓彤不知道什么时候来到了韩一梅身边。

那是一件酒红色的旗袍，绣着朵朵白色的梅花，大气又尊贵。韩一梅道："这件挺好，晓彤真有眼光！"

其实韩一梅心底更中意另外一件深紫色的旗袍，这样跟丁晓彤的婚纱也是同一个色系，或许更好。然而她不想让丁晓彤有丝毫不必要的挫折感，于是马上赞同儿媳妇的选择。

挑好婚纱，他们又去买首饰。丁晓彤对彩色珠宝情有独钟，陈寒给丁晓彤买好全套碧玺首饰之后，执意要送给韩一梅一件首饰。

陈寒问："妈妈，你喜欢哪种材质的首饰？钻石？白金？黄金？珍珠？还是跟晓彤的一样？"

韩一梅想了想，记起以前陈博宇曾经送给她一串珍珠项链，可惜链子断了，她又没空儿去找人重新串好散开的珍珠，那些珍珠就都不见了，于是道："我要珍珠的吧！"

丁晓彤帮着挑了一条漂亮的珍珠项链，韩一梅由衷地喜欢。

陈寒让丁晓彤陪着韩一梅先回家，他说他还要去公司处理一件重要的事情。

丁晓彤看看陈寒，点点头，陪着韩一梅先走了。

陈寒往相反的方向离去，只不过，他并不是去公司。他想要准备一件事，在婚礼上给丁晓彤一个惊喜。

婚宴上，白人司仪高声喊道："有请新娘丁晓彤女士。"

红地毯的尽头，丁晓彤挽着丁爸爸的手，缓缓走来。紫色的婚纱勾勒出丁晓彤曼妙的身体曲线，也凸显出了她高贵优雅的气质。这一头，陈寒手捧鲜花，含笑凝望自己的新娘。丁晓彤脸上满是娇羞的笑容。

姜科学、朱明珠、李可、马莉、乔乔和小敏都被邀请参加婚礼。小敏兴奋得脸都红了，她以为这个陈寒就是上次见到的那位不小心晕倒的陈寒。

大家望着一对新人，敲响桌上的酒杯，表示祝福。

司仪问陈寒："你愿意娶丁晓彤为妻，爱她、安慰她、尊重她、保护她，像你爱自己一样。不论她生病或是健康，富有或是贫穷，始终忠于她，直到离开世界吗？"

陈寒答道："我愿意。"

司仪又问丁晓彤："你愿意嫁给陈寒成为他的妻子，爱他、安慰他、尊重他、保护他，像你爱自己一样。不论他生病或是健康、富有或是贫穷，始终忠于他，直到离开世界吗？"

丁晓彤热泪盈眶地答道："我愿意。"

人生中总有一些仪式感的东西，猝不及防、令人流泪。比如过节时在人声鼎沸的广场放飞一大群鸽子，比如此刻陈寒和丁晓彤紧紧拥抱。这些仪式会令人情不自禁为之动容。此时韩一梅的脸上就不知不觉布满了泪水。

酒席中，马莉很露骨地对李可献殷勤，不时给他添饮料，偶尔还抛个媚眼。乔乔看不下去了，对姜博士嘀咕道："那个李可不是被我们公司开除的人吗？怎么还把这种人请来啊！"博士小声回答乔乔："李可其实也不算太坏，他现在已经变好了。"乔乔撇撇嘴。

一名服务员端着菜看走过来，殷勤地为大家服务。

韩一梅感慨四顾。这真是一个大融合的时代。看看这几十号人，有自然人，也有机器人；有黄色人种，也有白人、黑人。再想想地理距离，虽然她在阿尔卑斯山脉，回来也是又快又便捷，简直跟去国内哪个小村庄区别不大。

一个伟大时代的诞生，一定有不少人在不断添砖加瓦。她也愿意自己是一个泥瓦匠，这位科学家的心又飞回到了自己的实验室。

就在丁晓彤挽着陈寒的胳膊一一给大家敬酒的时候，现场响起了悠扬的乐曲声，接着，丁晓彤非常喜欢的一位时下最红的女歌星款款走上主台。

这位歌星实在太红了，几乎现场所有人都认识她，人群中顿时响起一片欢呼和尖叫声。丁晓彤惊喜得无法形容。

这时歌星来到丁晓彤身边，给了她一个温暖的拥抱，她还邀请丁晓彤一起唱歌，丁晓彤激动得不得了。唱到结尾，在场的每个人一起大合唱，全场几乎要沸腾了，一个个拿着手机不断拍摄。

陈寒微笑不语。

这就是他要的效果，让丁晓彤惊喜。

三

结婚仪式之后，陈寒和丁晓彤跟随韩一梅到了欧洲。一对新人认为自己只是去度蜜月，根本不知道他们在参与一项了不起的工程。

稍作休息，韩一梅把他们带到实验室，说是想给他们系统检查一次身体，每人需要抽两管血。

丁晓彤一听，心里叫苦不迭，她很怕打针、抽血之类的事。然而面对婆婆，她实在不好意思直接拒绝。

她确实从小就特别怕打针，而且有轻微的晕血，看到血就脑袋发紧。别的孩子打针的时候，顶多哭一哭就算了，丁晓彤小时候是抱着脑袋满屋子逃跑尖叫，简直像有人追杀她。

丁晓彤求助般望了陈寒一眼，陈寒秒懂她的意思，于是跟韩一梅商量道："妈，咱能不能不抽血呀？现在身体检查不是有很多种方法吗？用别的方法呗。晓彤很怕抽血呢！"

"对对对！我对抽血怕得不行。"丁晓彤赶紧补充道。

韩一梅表情凝重，望了他们一眼，解释道："这一次的事情非常重要，以后你们会明白的。晓彤，坚强一点儿！"

丁晓彤只好乖乖听话。

韩一梅请来研究所的专职护士代劳。陈寒倒是没什么，很快就完成了任务。丁晓彤磨磨蹭蹭半天才坐在椅子上，护士把她的手臂用一个带子绑住，让血管凸显出来。抽第一管血的时候还好，丁晓彤只是脸色煞白，把头转开；抽第二管的时候，丁晓彤明显头都晕了，眼前发黑。不知道是因为一直怕打针的恐惧心理导致她头晕，还是因为旅途劳累导致她头晕。护士一看情况不妙，第二管只装了一半，就把针头抽了出来。

韩一梅微笑着递给他们一人一盒牛奶，让他们马上补一补。

事实上，韩一梅要两个年轻人抽血当然不是检查身体那么简单。她要做一种新型实验，也就是，用他们的血细胞合成胚胎，然后把胚胎放入一个模拟人类子宫环境的硅胶袋里，让胚胎生长。以前做过动物实验，成功的可能性比较高，然而人类实验究竟能不能成功依旧是个未知数，所以韩一梅对他们暂时保密。为了提高成功率，韩一梅一共做了三个胚胎。

这些天，陈寒带着丁晓彤在山里到处走。他们带着指南针，谨慎地尽量向有山路的方向前进。

此时正是一年当中温度最高的季节，他们不时跳到清澈的天然池塘里戏水，惬意极了。一次，他们泡在水里的时候，一头美丽的鹿来到池边喝水，丁晓彤惊讶得叫了起来。然而那头鹿只是抬起美丽的大眼睛看了看他们，似乎并不害怕。它从容地喝完水，然后安静地走开。丁晓彤说她这辈子还是第一次在天然的环境里看到这么大的动物，以前看过的所有比猫和狗大一点儿的动物，全都是在动物园里看到的。

他们还发现，就在研究机构附近的地方，有一个非常奇特的深水潭，面积并不大，水深得看不到底。陈寒会游泳，本来想去探探底，被丁晓彤死死拉住不让靠近深水区，陈寒只好作罢。

韩一梅有时候开车带他们到山外的小镇上去吃饭，人们显得热情而友善。丁晓彤最喜欢这里的冰激凌，一口气能够吃掉一大盒。

一眨眼，半个月过去了，陈寒和丁晓彤准备回国。韩一梅交代给他们一个特殊的任务——学习养育孩子。

韩一梅说道："带孩子是一件特别需要有责任心的事情。我刚生下陈寒的时候，就觉得自己把一辈子都卖给陈寒了，无论上班还是在外面有事，心里时时刻刻想着孩子，担心孩子饿了、摔了。"

丁晓彤以为韩一梅的意思是要她尽快怀孕生孩子，不禁有些害羞。韩一梅交代这件任务的时候，表情是严肃又认真的。于是，一回国，丁晓彤也认真落实婆婆交代的事，经常会抽空儿阅读育儿类的书籍，有时还拉着陈寒一起看教育视频。

|第二十二章|　新生命

一

韩一梅打开一个网址，又认真推敲了一遍下面这份研究过无数次的材料：

1997 年 2 月 27 日，英国爱丁堡罗斯林（Roslin）研究所的伊恩·维尔莫特科学研究小组向世界宣布，1996 年 7 月 5 日，世界上第一头克隆绵羊"多莉（Dolly）"诞生，这一消息立刻轰动了全世界。

"多莉"的产生与三只母羊有关。一只是怀孕三个月的芬兰多塞特母绵羊，另两只是苏格兰黑面母绵羊。芬兰多塞特母绵羊提供了核内全套遗传信息，即提供了细胞核（称之为供体）；一只苏格兰黑面母绵羊提供无细胞核的卵细胞；另一只苏格兰黑面母绵羊提供羊胚胎的发育环境——子宫，是"多莉"羊的"生"母。其整个克隆过程简述如下：

从芬兰多塞特母绵羊的乳腺中取出乳腺细胞，将其放入低浓度的营养培养液中，细胞逐渐停止了分裂，此细胞称之为供体细胞；为一头苏格兰黑面母绵羊注射促性腺素，促使它排卵，取出未受精的卵细胞，并立即将其细胞核除去，留下一个无核的卵细胞，此细胞称之为受体细胞；利用电脉冲的方法，使供体细胞和受体细胞发生融合，最后形成了融合细胞，由于电脉冲还可以产生类似于自然受精过程中的一系列反应，使融合细胞也能像受精卵一样进行细胞分裂、分化，从而形成胚胎细胞；将胚胎细胞转移到另一只苏格兰黑面母绵羊的子宫内，胚胎细胞进一步分化和发育，最后形成一只小绵羊。出生的"多莉"小绵羊与多塞特母绵羊具有完全相同的外貌。

从理论上讲，多莉继承了提供体细胞的那只芬兰多塞特母绵羊的遗传特征，它是一只白脸羊，而不是黑脸羊。分子生物学的测定也表明，它与提供细胞核的那头羊有完全相同的遗传物质（确切地说，是完全相同的细胞核遗传物质。还有极少量的遗传物质存在于细胞质的线粒体中，遗传自提供卵母细胞的受体），它们就像是一对隔了6年的双胞胎。

几十年前轰动世界的这条新闻现在当然已经是小儿科了，但是相关资料仍然有比较价值。俗话说，外行看热闹，内行看门道。韩一梅在这短短几百字的报道里，看到的是整套可以操作的方案。

相当长一段时间，法律禁止生产克隆人，然而人类的非自然生殖技术一直在突飞猛进，比如试管婴儿技术几十年前就已经非常普遍，而且成功率越来越高，目前几乎达到了百分之百。韩一梅领衔的相关技术就是在这些现有技术的基础上，取得了突破性进展。

简单来说，韩一梅和她的助手一起，把陈寒、丁晓彤的血液细胞提取出来，通过类似电脉冲的特殊手段处理成三个融合细胞，然后放入模拟人类子宫环境的恒温营养液，让融合细胞开始生长。

一切看起来非常顺利。头三个月，就像正常胎儿一样，融合细胞顺利发育着。然而到了第四个月，其中的两个胚胎停止生长。

整整经历两百多天，韩一梅请来顶尖的同行，见证这个胚胎，或者说胎儿，离开模拟的子宫环境，如同人类的分娩。为了保险和安全，一位很有威望的妇产科医生也被请到实验室现场。

当这个胎儿像人类一样"哇哇"大哭时，韩一梅知道，她和她的同伴很可能掀开了人类繁殖的新篇章。

联合国相关机构非常重视这个项目，调配了足够的人力支持，也决定考虑追加相应的资金继续扶持。确实，各类公开或者秘密的人造生命技术的蓬勃发展，正在给这个世界带来更大更快的改变。想想那样一个预言，"用化学合成任何生命"，如果真的成为现实，会是一种什么状况？比如说，把一些材料放进一个仪器里，启动装置，然后走出一个预先指定的生命，那不是就像魔术里玩的"大变活人"吗？这实在令人目瞪口呆。

前来现场考察的威廉先生是美籍华人，四十来岁，身材匀称，表情温和，鼻梁高挺，观察事物的时候神情特别专注。

他目不转睛地盯着刚刚睁开眼睛的婴儿，连连摇头道："真是不可思议。这项技术如果推广，所有的女性都不再需要承受怀孕、分娩之苦。人类确实越来越神奇。"

他紧紧握住韩一梅的手道："韩老师，您做了一件惊天动地的大事！人类简直要进入神话时代！以前的神话不是说女娲造人用的竟然是泥巴吗？我看您就是真实版的女娲！"

韩一梅连连摇头笑道："您言重了，一切主要是机缘巧合。我只不过是尽心尽力在做我自己关注的事情。"

助手拿来一个奶瓶儿，韩一梅接过来，小心地送到婴儿嘴边，小小的婴儿竟然一口叼住，用力吮吸起来。满屋子响起婴儿吸奶的吧嗒声、吞咽声。

这一刻，韩一梅无法自控地流下了泪水。

二

结婚周年纪念日，陈寒和丁晓彤安排得非常隆重。前一天，陈寒给韩一梅打电话的时候说："日子快得不可思议，转眼我和晓彤结婚两年了，我准备送给她一份礼物。妈妈你觉得我送什么比较好？"

韩一梅道："你送什么我可没有好建议。这样，明天我特意回来一趟，带一份礼物给你们。一份特别珍贵的礼物。"

陈寒惊讶地问："那是什么呀？透露一点儿信息给我吧！"

韩一梅笑道："耐心一点儿，明天你就知道了。"

挂了电话，陈寒和丁晓彤开始猜测那会是什么特别珍贵的礼物。

丁晓彤道："葡萄酒、巧克力之类的？我看到一些去欧洲玩儿的朋友都带这个，我们上次自己忘了带。"

陈寒连忙摇头，说道："这算什么？我妈妈说珍贵，那就肯定是真的很珍贵。"丁晓彤道："珠宝之类的？前一阵儿流行蜜蜡琥珀之类的有机珠宝。"

陈寒道："这个，我觉得也不像。我妈妈不是太在意珠宝。"

丁晓彤不耐烦地道："那你认为会是什么？小猫、小狗、小老虎？"

陈寒道："我只知道应该是非常特别的东西。"

丁晓彤追问："比如呢？"

陈寒摇摇头，他一点儿头绪都没有。

第二天，丁晓彤的父母也被请了过来，大家一起在豪华酒店的包厢里等待韩一梅。

本来陈寒说要去机场接韩一梅，但是韩一梅推脱，说是不方便要他来接，因为她有同事一起来，得要安顿好他们再来跟大家会合，于是陈寒和丁晓彤也就不再勉强。

约定的时间到了，服务员推开包厢门，韩一梅抱着一个婴儿笑吟吟地出现在大家面前。这个婴儿眼睛很大、很圆，头发有点儿长。

她不太认生，表情愉快，东张张，西望望。

大家面面相觑，搞不懂韩一梅葫芦里卖的是什么药。

陈寒问道："妈，你抱的这是谁家的孩子？"

韩一梅笑道："谁家的孩子？这是你和晓彤的孩子。"

除了韩一梅，每个人都惊呆了。

丁爸爸靠近看了看，忍不住说道："哇，跟我们家晓彤小时候是真的很像。"丁妈妈道："跟现在的晓彤也很像啊！"

丁晓彤呆呆地问韩一梅："妈，这怎么可能是我和陈寒的孩子？"

韩一梅道："你们两个人都抽过血，还记得吗？"

两人鸡啄米似的点头。

韩一梅解释道："我使用我们实验室最先进的技术，把你们血液中最具活力的几个细胞培养成融合细胞，在恒温营养袋里培育，成功地造出这个孩子。她是女孩儿，很快就一岁了。"

韩一梅把孩子放到丁晓彤怀里，说道："这个小女婴，就交给你们带了。她叫陈新。"

丁晓彤这才明白为什么韩一梅要她学习育儿知识。幸亏她听进去了，不但经常看书，还通过各种途径接触婴幼儿，应该说，她完全可以肩负养育陈新的使命。

陈寒开心地逗着陈新，道："宝宝，叫爸爸，爸爸。"陈新竟然真的会发出"巴巴巴巴"的音节，圆溜溜的眼睛还盯着陈寒看。

丁晓彤起初有些迟疑，突然之间"被妈妈"，着实没那么适应。后来见大家都抢着抱孩子，她也试着去逗陈新，说道："来，叫妈妈。"

陈新非常配合，笑眯眯地张开小嘴叫，只不过她发出的声音还是"巴巴巴巴"。

一屋子的人都笑坏了。

三

陈新的到来使得陈寒和丁晓彤成了"女儿控"，一切都围着女儿转。

在他们的新房里，不但专门布置出一间儿童房，客厅里也铺满塑胶地板，目的是为了给一岁多的陈新最大的自由，方便让她到处跌跌撞撞地想走就走、想爬就爬。

陈寒和丁晓彤给女儿准备的食物都是最有营养的，有鸡蛋羹、土豆泥、蔬菜汁儿、小米粥。小小的陈新每次都吃得特别香，所以长得肉肉的，小胳膊、小腿儿胖得一截一截的，特别好玩儿。

陈寒和丁晓彤一起去逛商场，除了买奶粉和尿不湿之类的，丁晓彤特别喜欢给小陈新买衣服。每一次看到商场里的小衣服、小裙子、小袜子，丁晓彤就恨不得全部搬回家套在小陈新的身上。

另外，丁晓彤还特别喜欢给小陈新买洋娃娃，在小陈新的房间里，堆满了各种各样的洋娃娃和公仔，有芭比娃娃、蜡笔小新、泰迪熊、布朗熊等，特别有生活气息。

陈新越长越可爱，大眼睛、长睫毛算是遗传自陈寒；好看的鼻子、牛奶般的皮肤，是丁晓彤的优点。夫妻俩把她带出去，到处有人惊叹这小人儿好漂亮。

夫妻俩一直担心不是自然生产出来的陈新的智商会不会有问题，所以特别早就开始注意开发她的智力。

小小的年纪，陈新就每天"日理万机"，学认字，学画画儿，学钢琴，每天像小陀螺一样转来转去。让陈寒夫妻俩欣慰的是，陈新的智力不仅没问题，而且似乎超过一般的小朋友，她的接受能力和理解能力非常快，学什么都不费力气，很快就变成老师和家长们口中的"别人家的孩子"。

每天晚上，陈寒和丁晓彤都一起去女儿的房间，他们俩抱着女儿一起讲故事，临睡前，他们会分别亲一下女儿的脸，然后再离开。

陈新性格比较开朗，很快变成整个院子里面的孩子王。她带着小朋友们一起玩儿泥巴、跳皮筋儿、钻管道，经常把自己弄得脏兮兮的。

她在学校里成绩名列前茅，和同学相处很愉快，在家里也特别懂事，经常做家务，陈寒和丁晓彤夫妇俩都觉得特别欣慰。

每到周末和节假日，他们一家三口经常一起到郊区玩儿，有的时候去采摘新鲜蔬果，有的时候支个烤架烧烤，还有的时候玩点儿刺激的漂流什么的。

春天的时候一家三口一起去郊区采花，可爱的陈新把采下来的花编在发夹上，戴在妈妈头上。

夏天的时候一家三口一起去海边玩儿，陈新穿着可爱的粉色小泳衣在海滩上跑来跑去，在沙滩上堆了一个小房子，她天真地对爸爸妈妈说："以后我长大了赚钱了要买一个大房子给爸爸妈妈住！"

秋天的时候一家三口去赏红叶，陈新骑在爸爸的肩膀上让妈妈给他们俩照相，在一片金黄色的背景中，陈新和陈寒笑得特别灿烂。

冬天的时候一家三口一起堆雪人，他们找了胡萝卜做鼻子，用大大的纽扣做眼睛，用树杈做手。他们堆了三个大小不同的雪人摆在一起，就好像他们一家三口一样。

陈新就这样在爸爸妈妈的宠爱下一天天健康快乐地长大了。

上高中的时候，陈新的化学和生物成绩特别好，所以她立志在报志愿的时候选择"生物工程"这个专业，希望长大以后可以成为生物老师。

过去的十几年一直都是岁月静好。这些年丁晓彤已经不再当健身教练了，陈寒让她辞职好好打理家庭，丁晓彤也就不再坚持，成了一个慵懒的家庭主妇。起初她非常不习惯。家务有阿姨做，陈新要上学，她自己一天到晚闲着觉得无聊。后来她让陈寒在市郊买了一大片土地，建了个小院子，丁晓彤给它取了个诗意的名字，叫"晓寒别院"，她没事的时候就去栽些花花草草，自己很是充实和开心。她开玩笑说自己上辈子可能是个农妇，就喜欢种地。陈寒对此不鼓励也不干涉，她自己高兴就好。

自从"晓寒别院"成立，他们一家三口的日子就过得更乐呵了。每到周末，陈新和陈寒总是一起来到院子里帮着丁晓彤一起种花、种菜、浇水、修剪枝叶、收果实。他们经常把新鲜的蔬菜水果送给周围的邻居们。

| 第二十三章 |　　命　运

一

本以为日子会这样平静无波地一直过下去，然而最近陈寒的表现唤醒了丁晓彤内心的恐慌。

"你听，什么声音？轰隆轰隆巨响，简直像打仗、放炮。"这天临睡前，陈寒侧着耳朵，用胳膊肘儿碰了碰丁晓彤，露出迷惑不解的表情，嘴里喃喃说道。

丁晓彤凝神听了听，疑惑道："没什么特殊的声音啊！哪儿来的打仗？"

陈寒顿时惊愕，他皱眉道："好大的声音，你怎么会听不到？是不是你的耳朵有什么问题了？"

丁晓彤认真听了一阵儿，然后道："是不是外面那家在建的楼盘发出的声音？建筑工地的声音。"

"建筑工地？"陈寒反问，他分辨了一下，肯定道："不是，建筑工地的声音我听到了，不大，但是我听到的声音很大，简直吵死人。"

丁晓彤愣住了。如果陈寒说的声音比建筑工地的声音还大,她不可能听不见。她困惑地望着陈寒,不知道怎么回事。想了想,丁晓彤去叫已经上床的陈新。

陈新卧室的门紧闭着。丁晓彤叫道:"新儿,出来一下。新儿!"然而没有听到回音,陈新已经睡着了。

丁晓彤正犹豫要不要敲门,幸好陈寒自己过来说:"奇怪,那种声音一下子消失了。"

丁晓彤松了一口气,心想大概是陈寒偶然出现了幻听吧。这种情况人类也会有,很多时候不过是神经系统的一种错误反应。陈寒虽然是机器人,却是最接近人类的机器人,人类的某些状况在他身上出现也不是不可能。

这天,她费了好大的劲儿把一块原本种了辣椒的地重新开出来,打算撒上香菜种子,出了一身大汗,早就犯困了,于是上床之后靠到陈寒怀里,一下子就睡着了。

陈寒虽然也觉得累,却是彻夜无眠。

过几天到了周末,陈新也休息,一家人开开心心地吃完了早餐。他们计划去郊外爬山,爬完山就去"晓寒别院"吃饭。阿姨要负责过去烧饭,所以她匆匆忙忙先吃完饭就打开冰箱取一些新鲜食材,准备自己一个人先过去。

陈寒夹着一只饺子正要往嘴里送,饺子却突然停在空中一动不动,他脸上的神色变得有些怪异。

陈新首先发现了陈寒的奇怪举动,叫了一声:"爸,你干吗?"

丁晓彤赶紧看过去,也是迷惑不解,询问地叫道:"陈寒,怎么啦?"

陈寒呆呆地把饺子放回碗里，道："你们都没听到吗？我听到好像是打仗的声音，很吵。"

丁晓彤向四周望望，道："会不会是冰箱？冰箱打开之后，是有一点儿声音。"

陈寒却少见地发起火来，厉声道："我又不是外星人，冰箱的声音都听不出来吗？"

丁晓彤一下子觉得尴尬起来，但又不想当着女儿的面跟他吵，于是息事宁人地保持沉默。

陈新赶紧打圆场道："爸，你那么着急干吗？你到底听到什么声音啊？"

陈寒自己也觉得有歉意，看了丁晓彤一眼道："对不起。"又转向陈新道："我也说不清楚究竟是什么声音。声音很大啊！你们怎么会听不到呢？"

一旁的阿姨接话道："我也没听到有什么很大的声音。"

陈新望着陈寒，摇头表示什么也听不到。

丁晓彤认真地看了陈寒一眼，突然发现不知道什么时候开始，陈寒头顶已经有不少白发了。她突然心底一震，产生了非常不好的感觉。

那种恐惧和害怕的感觉又回来了，丁晓彤的心一下子揪了起来。这么多年来，她已经习惯了和陈寒还有陈新一起生活的日子。他们一家三口特别和谐，很少吵架。丁晓彤有时候都忘记了陈寒是一个机器人，或者说她抱着侥幸心理，总是认为这一个陈寒可以陪着自己一起终老，她很希望奇迹降临。但是机器人就是机器人，机器用久了，总会坏的。想到这里，丁晓彤不禁有些失落，她的心颤抖了起来。她太怕会失去陈寒，失去这种岁月静好的日子。

但是她很快整理好自己的情绪，淡淡地对陈寒道："陈新好不容易放假，如果你没觉得太不舒服，我们就按照原计划出去玩儿；如果很不舒服，我就陪你去看医生。"

陈寒道："除了耳边老响着很古怪的声音，倒也没有特别不舒服。我们还是去玩吧！"

吃完饭之后，丁晓彤默默找出了朱明珠的联系方式。已经好些年没有联系过这位女医生了。

爬山过程中，陈寒突然停下来站着不动，用双手捂住自己的眼睛。丁晓彤担心地问："陈寒，怎么啦？"

陈寒道："我突然觉得眼睛花，这会儿好像什么也看不见。"

丁晓彤突然想起自己和第三个陈寒在一起的情景。那时陈寒用手蒙住眼睛，喃喃道："丁晓彤，你把我的眼睛都晃花了。"当时她以为他只是在开玩笑。

这一刻，命运又重演了。

丁晓彤不由自主地打了个寒战，声音颤抖地说："陈寒，你怎么样了？现在怎么样了？"

陈寒没有回答，依旧站在那里。

陈新也担心地叫道："爸爸！你怎么了？"

陈寒抬头看看天空，再一次用手捂住眼睛，十几秒钟后，慢慢松开手，这才又露出笑容道："没事了，刚才可能爬山爬得太急，我好久没运动了。"

陈新重新又变得喜笑颜开，而丁晓彤却再也笑不出来了。如果说陈寒听到奇怪的声响的时候她还不确定，那么现在她几乎百分之百地确定了陈寒的状况不太好，他被销毁的那一天不会很远了。丁晓彤心里很难受，但是她现在的心理承受能力已经比以前强多了，她知道难过和流泪都无济于事，当务之急还是得赶紧带陈寒去朱明珠医生那里检查身体。

二

朱明珠的诊所扩大了一倍,而且重新做了装修,房间里到处是绿色植物,整体风格显得更加休闲安逸。

丁晓彤一眼就发现,这位曾经很年轻的女医生额头上已经有了皱纹,明显老了。她不由得明白,自己也老了不少。

陈寒对这一切都没有记忆,他在朱明珠面前完全是一个有礼貌的陌生人。朱明珠示意陈寒躺在诊疗床上,陈寒顺从地躺下。朱明珠把一个头盔戴在他头上,用仪器给他做脑部检查。她自己戴着眼镜,非常认真地看屏幕上显示的信号。

检查完之后,朱明珠轻轻道:"你继续躺着休息一下,等会儿还有一个检查要做。"

说完,朱明珠来到另一个房间,对表情很焦灼的丁晓彤轻声说道:"情况很不乐观。"她想了想,又加了一句道:"不过,这一次存活了十七年,已经是破纪录了,已经是 NAMA 公司存活时间最长的一款了。"

丁晓彤问:"情况很不乐观,这个说法能够具体一点儿吗?他究竟还可以存活多久?"

朱明珠摇头道:"这个是无法预测的,仿生机器人变数太多。依照目前的情况来看,他的系统随时可能彻底崩溃。"

丁晓彤喃喃道:"他已经两次说听到很大很吵的声音,可是我们什么也没有听到。"

朱明珠解释道:"应该是幻听,说明他的头部神经已经堵塞或者紊乱了。"

"也就是说，属于这个陈寒的时间不多了。"丁晓彤难过地说。

回到家后，丁晓彤赶紧给韩一梅打电话，过了两天，韩一梅就出现在了丁晓彤家。

韩一梅刚到了没几分钟，陈寒就大叫起来："哎哟！头好痛！真的好痛！"

丁晓彤脸色变了，赶紧给朱明珠打电话，大家一起去了朱明珠的诊所。

陈寒在路上就晕了过去。

朱明珠看看陈寒的后脑勺，指示灯已经变红了。她叹息着说："没有用了。"

陈新崩溃地大哭，她还不知道自己的父亲是机器人，不明白这究竟是怎么一回事。

姜科学博士出现在朱明珠的诊所门口。岁月同样在这位博士的身上也留下了痕迹。姜博士的背有些驼，额头上长出了很深的皱纹。他是根据陈寒头上芯片发出的警报找过来的。

一副折叠式担架把第四个陈寒运走了。

陈新哭成了泪人，她根本不明白爸爸为什么会这样。丁晓彤默默地发愣，不哭，也不说话。

三

回到家后，丁晓彤和韩一梅呆呆地坐着，一言不发。陈新哭累了，回到自己的房里不肯出来。

好一会儿，韩一梅说："该跟孩子说明真相了。"

丁晓彤转过头，眼神里有些许的不忍。

韩一梅神色坚决地说："她有权利知道真相。虽然她现在还不太明白究竟发生了什么，但这个疑问一旦在她心里种下了种子，就会发芽生长。而这种生长一旦失去了控制，将会产生我们不可预料的后果，这对她的将来更为不利。"

丁晓彤沉默了半晌，点了点头。

她把陈新叫出来，尽量用平缓的语气对她说："孩子，爸爸走了，我知道你很难过。有一件事情爸爸妈妈从来没有告诉你，因为我们怕你无法接受。现在你长大了，爸爸也走了，妈妈认为你有权利知道这件事情的真相。"她看着一脸茫然还带着些许恐慌神情的女儿，咬了咬牙说道："其实，你的爸爸是一个机器人。"

陈新愣住了，脱口而出："怎么可能呢？你以为我还是小朋友吗？拿这种话骗我！"

丁晓彤的神色有些哀伤，她继续说道："孩子，我和你爸爸是在高中的时候相识相恋的。你爸爸有心脏病，我却拉着他参加马拉松，他倒在了终点，发生了猝死。"

韩一梅接着说道："之后，我来到 NAMA 公司，拜托姜科学博士为我制造了个机器人陈寒。虽然我知道要花费很多钱，也知道这项技术还没有成熟，但是为了陈寒，我唯一的儿子，我愿意试一试。"

丁晓彤接着说："一号陈寒被激活失败了，二号程飞被激活成功，并与我相遇，程飞知道真相后写下了一本日记，里面记录了陈寒和我的故事。后来，二号程飞倒下了。这时候，三号陈三好被激活了，他看到了程飞留下的日记，知道了真相，我们重新相恋。但是三号陈三好存活的时间非常短，很快就离开了我。后来，四号陈寒又被激活……"

韩一梅接着说："孩子，你其实不是正常生产出来的。简单来说，我抽了陈寒和丁晓彤的血，和我的助手一起，把他们俩的血液细胞提取出来，通过类似电脉冲的特殊手段处理成三个融合细胞，然后放入模拟人类子宫环境的恒温营养液里，融合细胞开始生长。但是后来，其中的两个胚胎停止生长，最后只有你一个成功地被制造出来。最开始，我们很担心你的身体发育和智力会和其他的小朋友不一样，没想到你一切正常，智商甚至超过了一般的小朋友。"

陈新听得目瞪口呆，就好像在听外星人的故事，丁晓彤讲完后，她还呆呆地愣着不说话，沉默了一会儿后，忽然走回了自己的卧室，关上了门。

韩一梅和丁晓彤彼此对视，微不可闻地叹了口气。

陈新回到房间，整理了一下思绪。她慢慢接受了爸爸是一个机器人的事实，也逐渐接受了自己是高科技产物的事实。一个新的想法在她的脑海中成型，她暗暗握紧了拳头。

从那天开始，陈新更加努力地学习生物课，几乎每一次考试都是满分。她开始变得沉默寡言，不再整天看韩剧、买衣服、聊八卦。她买了很多生物科学类的杂志在房间里看，时不时在上面写写画画，感觉像一个小小的科学家。

四

姜科学博士主持讨论会。

他首先介绍了一个新情况，NAMA 公司机器人激活的流程变得更简短，大约只要五分钟，不像以前机器人离开冷冻棺之后起码要缓冲一两天才能够有知觉。

丁晓彤一听，马上振作起来。

姜博士看看大家，继续说：“在我们公司的仿真机器人里，陈寒目前是制造得最多的一个，一共七个，其他的一般都只制作了两三个。比如说之前你们有人见过的乔乔，一共只有三个，现在已经没有了。”

丁晓彤听后有些唏嘘。

“第四个陈寒已经创造了我们公司的新纪录，他存活了十六年零十一个月。我们期待下一个陈寒可以存活得更久。”姜科学继续讲解。

陈新脸色苍白，努力让自己冷静下来。

“姜博士，除了激活过程有所改进，还有什么其他不一样的地方吗？”丁晓彤问道。

姜科学想了想，回答道：“还有一个问题，关于陈寒的外貌，我们本来有一个方案是打算对他进行改造，变成四五十岁的男子的形象。但是，这样的话，他会一直暗示自己已经老了，毕竟这样的机器人有一定程度的自我意识，如果他一直觉得自己老，这是不利于延长他的存活期的。所以我们专家组最终决定还是按照二号程飞的形象设计，也就是看起来三十岁左右，成熟，又仍然年轻，这几乎是最折中的方案了，不知道各位是否有意见。”

所有人都举手表示同意姜博士的方案。

姜科学继续道：“当然，改变陈寒的外形，一样涉及追加费用。”

丁晓彤一听就愣了一下，因为陈寒的公司这些年以来，经营在走下坡路，资金并不充裕。

韩一梅马上明白了丁晓彤的意思。两人核算了一下，把所有积蓄拿出来，基本上还是够了。

第三天，改造结束后，姜科学把大家召集过来。他按了一下桌上的按钮，一名助手把一个人推了出来。

姜博士用扫码器靠近那个人的头部，扫码器发出"滴"的一声响。

所有人都目不转睛地盯着躺着的人。

姜科学说道："倒计时，十，九，八，七……三，二，一，陈寒，醒来。醒来，陈寒。"

丁晓彤紧张得捂住了自己的嘴。她恐惧地想：万一醒不过来呢？

躺着的人果然有了动静。他缓缓睁开眼睛，过了好一阵儿，自己慢慢坐起来。

丁晓彤和韩一梅围了上去，同时叫道："陈寒！"

陈新一动也不敢动。

陈寒茫然地看看韩一梅，再看看丁晓彤，目光重新又回到韩一梅脸上，他困惑地问道："妈妈，我这是在哪儿？"然后他用目光扫视着丁晓彤、姜科学、陈新，继续道："他们这些人都是谁？"

丁晓彤彻底呆住了。

韩一梅说："陈寒，你应该认识他们啊！这是丁晓彤，丁，晓，彤。"

陈寒仍旧一脸茫然，仿佛在努力回忆，脑子里却是白茫茫的一片。

姜科学见状，说道："陈寒，你先休息一下，自己好好想想，我们等下再进来。"他示意所有人跟他出去。

大家来到姜博士的办公室，姜科学说道："看来我担心的事情真的出现了。我们在给第五个陈寒的脑部芯片输入信息的时候，起初两次，输入的信号显示文件部分丢失，于是只好重启，第三次却没有任何显示。这是从来没有出现过的情况。于是，我们冒险再试了一次，才显示正常。现在看来，五号陈寒只知道韩一梅女士是他妈妈，其余的人他都不认识，应该是部分信息丢失。我们也不知道以后情况会怎么发展。非常抱歉，公司事先已经有声明，这个领域目前技术不稳定，什么情况都有可能发生，请相信我们尽力了。还有，一定要记住不能让陈寒知道自己是机器人，免得他无法接受。所以对于他自己无法想起来的事情，你们最好不要去刺激他。"

每个人都点点头，却又各怀心事。

陈新捂着脸，跑到走廊里哭了起来。丁晓彤赶紧去安慰她。

|第二十四章|　　谁能陪伴

一

回到家里，陈寒终于对丁晓彤微笑了一下。

然而这个微笑却像针一样扎疼了丁晓彤的心。

非常明显，那只是一种礼节性的笑容，嘴角象征性地上扬，眼神却是疏远的，是对初次相识的陌生人才会有的那种空洞、苍白的笑容。

"爸爸。"陈新迟疑着叫道。而陈寒却露出惊讶的甚至无辜的表情，看来他对父亲这个角色并不打算接受。

整整过了一天，陈寒才放松下来。

饭桌上，丁晓彤和陈新不停地给陈寒夹菜，陈寒也不说谢谢，只是一直埋头吃，吃完了就回到屋里躺着。丁晓彤和陈新面面相觑。

吃完饭，丁晓彤拉着陈寒一起看电视，陈寒心不在焉地看着，仿佛有心事一样，过了一会儿就跑回到了自己的房间。

周末的时候，丁晓彤和陈新拉陈寒出去散步。陈寒总是走在他们俩后面，刻意和他们保持一定的距离。这让丁晓彤和陈新又伤心又无奈。

唯有面对韩一梅的时候，陈寒的神色才是坦然的。韩一梅一回来，陈寒就过去嘘寒问暖，给她递拖鞋、倒热水，忙得不亦乐乎。韩一梅一出门，他就像跟屁虫一样跟上去，跟着她一起逛超市，回到家帮她一起做饭、洗碗。

日子一天天过去，丁晓彤一直希望自己可以慢慢感化陈寒，让他想起过去的事情，但是事与愿违，陈寒依旧对她保持着客气和疏离。面对陈新，陈寒一直也保持着一定的距离，他始终无法接受父亲这个角色，所以后来，陈新慢慢地也不叫他爸爸了。

这样的日子一直不尴不尬地过了一段。韩一梅要回欧洲了，陈寒特别舍不得她，韩一梅索性对丁晓彤说："干脆我就带着他回欧洲得了，你们再激活一个陈寒吧！"

丁晓彤同意了。

就这样，第五个陈寒离开了陈新和丁晓彤。

二

第五个陈寒去了欧洲之后，从来不曾主动联系丁晓彤和陈新。即使韩一梅打来电话，让他跟丁晓彤说话，他也只是敷衍几句。这让丁晓彤无比心酸。

尽管韩一梅授权丁晓彤去 NAMA 公司激活下一个陈寒，丁晓彤却迟迟没有勇气。如果这一个陈寒还是不认识她，那怎么办？

丁晓彤叹了口气，一个人傻傻地坐着发呆，直到夜幕降临，她饭也不想吃，简单洗漱一下就迷迷糊糊睡觉去了。由于前一天夜里睡得太早，第二天丁晓彤醒得也特别早，才凌晨五点，就翻来覆去怎么也睡不着。

她于是爬起来，简单下了份面条，还是有点儿头晕，于是决定去公园锻炼。

公园里很是热闹，到处都是早起的中老年人。他们有的学唱歌，有的跳舞，也有的随意做做操，四处走动。这些年中老年人群中流行广场舞，几十个甚至上百个大妈在一起跳舞，音乐放得震天响，引得不少人侧目。年轻人对此很不满，因为噪声害得他们睡不着觉，有人在网上乱骂，说是有的人老了就变坏了；也有的说，不对，是坏人变老了。

"跟着奶奶，别乱跑！"伴随着这样一句话，丁晓彤身边出现一个走路摇摇晃晃的小男孩儿，一位老妇人从稍远处追过来。

丁晓彤看看他们，觉得小男孩儿很可爱，就跟老妇人搭讪："这你孙子吧？多大呀？"

老妇人道："才一岁三个月，淘气得不行。带他真累。"

丁晓彤同情地点头道："带小孩子确实很累，主要是要考虑孩子的安全。"

老妇人道："是啊，要是磕着了、碰着了，那责任可大了。"

"那是那是，你孙子长得好可爱。"

闲聊了几句，丁晓彤准备锻炼锻炼，她伸伸胳膊、踢踢腿。

她准备加大力度，腿抬得老高，正准备收回腿时，她突然感觉到脚底下凭空出现了什么东西，心里一惊，定神一看，那个小男孩儿不知道什么时候跑到她身边来了。

如果她任由自己的腿放回地上，势必会猛的一脚踏到孩子，这么大的力度如果踩到如此幼小的孩子身上，后果简直不敢想象。

情急之下，丁晓彤往旁边一让，却又踩到一块拳头大的石头上，整个人栽了下去，半天都爬不起来，疼得倒抽凉气。孩子受了惊，大哭起来。

那位老奶奶正拿着手机想放一首歌，听到动静后赶紧跑过来，连声问："怎么啦？怎么啦？"还对着丁晓彤质问："我孙子怎么突然哭了？"

这一跤摔得着实不轻，丁晓彤一时爬不起来，也说不出话来。更多的人围上来，大家七嘴八舌地议论，却谁也不上前扶她起来，估计是不敢扶她。

老奶奶只顾着安慰自己的孙子，叫道："宝宝，你怎么啦？不哭不哭，没伤到哪儿吧？"

有人凑上来问丁晓彤："给你打 120 叫救护车好不好？"

丁晓彤使劲儿点头，仍然无法说话。

过了好一阵儿，她终于慢慢坐起来，脚踝和腰部痛得钻心，无法站立。她只好坐在地上等救护车。

老太太见自己孙子没事，也不跟丁晓彤打招呼，抱着孩子悄悄走了。

三

医院病床上，丁晓彤的右脚踝肿得像一截冬瓜，右脚根本不能沾地，腰部也受了伤。

丁晓彤问："医生，我要多久才能好啊？"

医生说："最乐观的估计，如果没有骨折，至少要住院四天才能够下地行走。但是如果骨折，那就不好说了。今明两天会给你拍片子检查。"

丁晓彤沮丧得不行。

她不想让陈新担心，决定瞒着她。何况就算她知道了，毕竟孩子要上学，也不可能让她回来陪她。

　　一个人住在医院的独立病房里，一只脚又不能下地，上趟卫生间都要自己一跳一跳地过去。有几次，这样的单脚跳让丁晓彤实在觉得好笑，刚要笑，又觉得自己挺可怜，忍不住又掉下了眼泪，一时又哭又笑。陈新去外地上大学后，丁晓彤非常想念她，但是丁晓彤也知道，孩子大了，早晚要离开自己。这个时候，丁晓彤发现自己真的很需要一个人陪伴。

　　陈新恰好打电话过来，聊了几句，这时护士却进来高喊："43床，该打针了。"她的声音很大，陈新在电话的另一头听到，连忙问："怎么啦？妈妈，你这是在医院里吗？"

　　这下瞒不住了，丁晓彤只得把来龙去脉说了一遍，边说护士边给她打点滴。

　　陈新问："那你到底骨折没有啊？"

　　丁晓彤道："要明天才出结果。烦死我了，脚沾地都不能沾，一触地就疼得钻心，实在要下地，只能跳着走。"

　　陈新叹着气说道："我周末回来吧！你老让我学会照顾自己，你倒好，看你把自己照顾成什么样子。我现在就去订票。"

　　丁晓彤道："那倒不用，你来回跑太累了，没必要。"

　　陈新着急地说道："什么叫没必要！懒得跟你说！过两天我回来一趟。"

　　挂了电话，陈新鼻子一酸，掉下眼泪来。她一直没有发觉妈妈已经老了，需要人照顾了，现在她才意识到妈妈的身边真的需要一个人的陪伴。陈新十分心酸，仿佛一下子成长了好多。

　　第二天丁晓彤拿到检查结果，医生说幸亏运气好，没有骨折，第四天就可以出院了。

丁晓彤于是给陈新打电话过去，让她不用跑回来。几百公里，也折腾人。

陈新道："妈妈，要不然你赶紧激活下一个陈寒吧！你需要一个人的照顾和陪伴。"

丁晓彤叹气道："你还是小孩子，不懂。万一陈寒被激活出来，又像上次一样不认识我们，该怎么办？而且，妈妈觉得陈寒应该有属于自己的生活，不应该总是陪在我这个中年女人身边。"

陈新觉得有道理，但是也更加心疼妈妈了。

果然到了第四天，丁晓彤的脚踝慢慢消肿，右脚能够轻轻触地了。

回到家里，又过了几天，就基本恢复正常了。

脚好了之后，丁晓彤独自去了 NAMA 公司。

四

姜科学和丁晓彤商量激活事件的时候，重点讨论要不要让陈寒知道自己的身份。以前陈寒运作的公司经营状况已经走下坡路，李可也辞职走人了，丁晓彤拿不出高昂的改造费来改变陈寒，只能是按照原来的设置，陈寒醒来的时候还是十八岁时的样子。

丁晓彤犹豫了半天，想起了上一个陈寒被激活后的样子，叹了口气，说道："不要让这一个陈寒知道自己的情况了，也不要告诉他我和陈新与他的关系，我想让他好好享受他这个年龄应该享受的生活，我只想远远地看着他就好。"

他们精心设计了六号陈寒的激活方案，详细到包括他醒来时所处的地点。

一间干净简洁的卧室里，一个看起来十七八岁的男孩儿闭着眼躺在床上，丁晓彤和陈新安静地坐在床边。男孩儿突然皱了皱眉头，轻微地咳嗽了两声，接着缓缓睁开了眼睛。

他用迷茫的眼神看了看丁晓彤和陈新，问道："我是谁？我这是在哪里？"

丁晓彤温柔地说："你叫陈寒，我们是你的邻居，你的父母前不久因为车祸去世，你也因为车祸昏迷了好一阵子，你没有别的亲人了。"

陈寒的目光转向了床头柜，床头柜上摆放着一个木制的相框，相框里放着一张中年男女的合影。

陈寒拿起相框，用手轻轻擦着上面的灰尘，喃喃自语道："看来我是失忆了，我什么都记不得了。"

陈新的表情有点儿复杂，她看着陈寒，说道："你从技校毕业后，一直在 4S 店修车。"陈新顿了顿，打开了旁边床头柜的抽屉，从里面拿出写着他名字的工作证递给他。

丁晓彤说："你先好好调整两天，下周一开始就去 4S 店上班吧，生活上有不方便的地方可以随时找我们帮忙。我们就住在你的隔壁。"

陈寒还是觉得有点儿恍惚，他看着眼前这个黑发里夹杂着几根儿银丝的和善的阿姨，茫然地点了点头。

丁晓彤和陈新随即站起身，准备离开他的房间。出门前，丁晓彤回头望了望坐在床上盯着自己工作证出神的陈寒，眼神里充满了惆怅。她轻轻地叹了口气，摇了摇头，走出了他的房间。

过了两天，陈寒来到了 4S 店，他迷茫地看着忙碌的各位同事。

他走到一位同事面前，说道："你好，请问……"

那位同事一看到是他，急忙热情地说道："是你啊，你去 7 号位置。"

陈寒忐忑地走到 7 号位置，对着面前的车还有点儿茫然失措。但是当他拿起修理工具的那一刻，他意外地发现一切都是那么熟练，从清醒过来到现在，陈寒第一次露出了发自内心的轻松笑容。

陈寒的生活渐渐走上了正轨。

每天早上，陈寒都早早起床给自己做一顿丰盛的早餐。白天他在 4S 店修车，晚上回家后就去小区里一个人打篮球。

小区里有一个很小的篮球场，几乎没有人去，尤其是晚上。夜色中，他不停地运球、跳跃、投篮，气喘吁吁，大汗淋漓。有的时候他抱着篮球在场边休息，这时候总有一种怅然若失的情绪存在，他有一种强烈的感觉，在篮球场发生过一些对自己来说很重要的事情，但是那具体是什么，却怎么也想不起来了。

有的时候陈寒在楼道里碰见丁晓彤母女，他会很热情地打招呼。他总觉得丁阿姨看自己的眼神很复杂，不过也总是笑笑，觉得自己想太多了。

有一天，丁晓彤晚上有事外出，回来时经过篮球场。她隐隐约约地看到有一个人在里面打篮球，连忙走到场外，静静地看着。

皎洁的月光洒在地面上，篮球场里面不停穿梭跳跃的身影隐约可见。丁晓彤怔怔地望着这个十八岁的少年，他的身手是那样矫健，动作是那样熟练。安静的篮球场里，只能听到鞋子和地面摩擦发出的声音和篮球与地面相撞发出的"砰砰"声。陈寒完全投入在自己的世界里，并没有注意到球场边的丁晓彤。丁晓彤看着这个年轻又有朝气的少年在篮球场上挥洒汗水和青春，她的内心五味杂陈。一方面，她特别想冲进篮球场告诉他一切事情的真相，特别想让他知道这个住在他旁边的阿姨其实曾经和他有过那么刻骨铭心的爱情故事。另一方面，她又很庆幸这一世的陈寒完全不知道自己的身世，他不需要背负那么沉重的责任和感情，可以洒脱地做一个年轻人想做的事情。她想，她终究还是做了一个正确的决定。

无数个夜晚，丁晓彤就这么默默地在球场边站着，静静地看着陈寒。

日子就这么一天天过去了。

有一天，丁晓彤正在家里炒菜，陈新回到家，推开厨房门说道："妈，我看见我爸……不，是陈寒，他跟一个漂亮的女孩子手拉着手走在小区里……"说到这里，陈新仿佛意识到自己说错了什么，停顿住了，有点儿担心地看着油烟气中妈妈沉默的脸。丁晓彤淡淡地说道："那不是挺好的吗？你快洗洗手吧，一会儿该吃饭了。"

陈新离开了厨房，不知道是她说的话刺激了丁晓彤的泪腺，还是菜板上的洋葱让自己鼻子发酸，丁晓彤的眼泪弥漫上了眼眶。

吃饭的时候，陈新小心翼翼地观察着妈妈的神色，丁晓彤的表情并没有什么异常，陈新暗暗松了口气。

过了几个月，有一次，丁晓彤下楼倒垃圾，看见陈寒拉着一个女孩子的手在小区里转悠，那个女孩子真的很漂亮、很年轻。她烫着时尚的卷发，穿着短裤，一双长腿又白又细，身材凹凸有致，整个人从上到下都洋溢着一股青春的气息。远远地，陈寒就看见了自己，他跟自己打了个招呼："丁阿姨好！"丁晓彤连忙扯起嘴角回应道："你好啊！"陈寒大方地介绍道："丁阿姨，这是我女朋友。"女孩儿腼腆地笑了笑，接着被陈寒牵着走远了。

丁晓彤望着他们的背影发了很久的呆，他们俩是那么相配，看上去那么恩爱，而自己这个隔壁的老阿姨在陈寒心里又算得了什么呢？她叹了口气，默默回了家。

六号陈寒存活了两年半，然后在一个冬天的早上，他的后脑勺上亮起了红灯。

|第二十五章|　　无处告别

一

大学毕业后的陈新选择了去美国的麻省理工学院就读生物工程专业的研究生。丁晓彤去机场送女儿。陈新走的那一刻，她泪流满面，因为她知道她又要一个人面对孤独的生活了。

日子一天天过去了，在美国的陈新读完了博士，回国到了NAMA公司的姜科学手下工作。

丁晓彤的疾病发作得非常突然，好端端的，她突然在家里晕倒了。陈新下班回家才发现倒在地上的丁晓彤，立刻打电话叫救护车。

在医院的重症监护室外，医生表情凝重地对陈新说道："病人虽然已经清醒了，但撑不了几个月了。"

丁晓彤对自己的健康状况有预感，赶紧给韩一梅打电话。

接到丁晓彤的电话时，韩一梅正在实验室里研究实验结果数据。

丁晓彤的样子投影在墙上，她的声音已经非常微弱，说话都要用很大的力气。她说："妈，这次我可能是挺不住了，你看看能不能回来一趟，我想让最后一个陈寒也来到我身边。"

韩一梅，这个八十多岁的女人，竟然依旧看起来只有四十岁，时光似乎忘记了她。

此时她恳切地对丁晓彤道："你一定要努力振作，要对自己有信心。我会马上回来，也同意你激活最后一个陈寒的做法。你先好好休息。"

结束通话，韩一梅瞥了一眼窗外花园里的两棵雪松。这两棵雪松是同一年栽种的，迄今树龄大约六十年，然而它们的命运却完全不同。一棵依然苍翠挺拔，另外一棵，却彻底枯死。本来园丁以为轮流输入一些消毒剂和营养液，春天来了它会重新发出新芽，可是却没有。它已经彻底枯萎。

韩一梅仔细研究过这两棵雪松。枯萎的那一棵既有肉眼可见的虫害，它的树皮也全部剥落，韩一梅取了几块树皮回实验室，在培养皿里做了微生物培养，结果发现树皮上有大量杀伤力强大的微生物。而依然存活的那一棵病菌病毒却少得多，不是完全没有，而是很少。可以推测出来的原因应该是，这棵健康的树既能够自己分泌出抑制微生物的有效成分，又能够摄取足量生长需要的营养和水分，因而一直根深叶茂。

这就是真相。可以说绝大多数的死亡都和微生物破坏以及营养不足有关。有的微生物如同人类的猎人，到处寻找可以让它们自我繁殖和复制的宿主，如果宿主不够强大又对它们无能为力，最后的结果就是被它们吞噬或者双方同归于尽。

不要以为只要人类不打仗，世界就是太平的。时时处处都充满了看不见的战争，一不小心就是你死我活。

二

最后一个陈寒的机器人被激活了。他从冰棺中醒了过来，被清洗干净，换上了新的衣服。

NAMA 公司的一个女工作人员把他带去了一个房间里。陈寒问："你好，请问现在是什么时候？"

工作人员答："今天是 2058 年的 6 月 1 日。"

房间的中间放着一张桌子和一把椅子。工作人员按下桌子上的按钮，屏幕上出现了陈寒和丁晓彤的脸。

陈寒："我叫陈寒。"

丁晓彤："我叫丁晓彤。"

陈寒："这里面记录着我们的故事。"

屏幕上出现了陈寒和丁晓彤结婚的画面，然后韩一梅、陈新的面容慢慢出现。

丁晓彤对着镜头说："陈寒，我希望最后一个你，可以陪伴我到我生命的最后一刻。"

屏幕前的陈寒已是泪流满面，他记起了所有的过往。

工作人员把医院地址告诉陈寒，让他去医院见丁晓彤和陈新。

陈寒来到医院，年老的丁晓彤躺在病床上，他们的女儿陈新也已经三十岁了，而陈寒看起来比陈新还年轻不少。

三

悲痛的陈新对着进来的陈寒喊道："爸……"

陈寒紧紧拥抱着自己的女儿。

丁晓彤看着陈寒笑了。

陈寒默默看着丁晓彤说："丁晓彤，我什么都记起来了，我来陪伴你了。"

丁晓彤说："记起来了就好，你知道吗？在激活你之前，我特别怕你会像第五个你一样，什么都记不起来。"

陈寒责备道："为什么这么晚才让我醒过来？"

丁晓彤拉着陈寒的手道："一直以来我觉得我是个很自私的人，让年轻的你，陪着一天天衰老的我。你总说你就是陈寒，但我心里知道，你不是。我们俩十八岁那年，你跟我说，我们都会老的，有一天你白发苍苍，我满脸皱纹。你说话不算话，我老了，而你一直都没有变。"

陈寒喃喃道："对不起。"

丁晓彤说："不要跟我说这个词，这么多年，我很满足，我们结婚了，还有了女儿。我们在一起生活了十五年，你死了五次。最后一次，我跟他们说，不要让你复活了，留到我临死前。"

陈寒说："为什么？我不需要你这样……"

丁晓彤叹了口气，说道："能和你相爱，我觉得自己很幸运，你是特别好的一个男人。我这一生，都在失去和等待中度过，我见证着你一次次以不同的身体睁开眼睛，也亲眼看到你的后脑勺上一次次亮起红灯。这一次，我想死在你的怀里，让我也任性一回。"

陈寒听了有点儿难过，沉默了很久，说道："我想带你去个地方。"

丁晓彤问："什么地方？"

陈寒温柔地说："去了你就知道啦！"

陈寒推着轮椅，带着丁晓彤来到了她家楼下。

丁晓彤家楼下的环境发生了很大的变化，人们出门进门不需要再带钥匙，一切都变成了指纹识别的。老旧的小区楼房也被翻修了好几次，看起来十分崭新漂亮。但是道路两边的梧桐树依然没有变。树影婆娑，茂盛的梧桐树像哨兵一样伫立在道路两侧，一阵风吹过，树枝开始摇晃，发出"沙沙"的响声。

陈寒温柔地说："你看，我们又可以像年轻的时候一样，我慢悠悠地推着你走在这梧桐树下，吹着这午后的小风。但树还是那时候的树，风还是那时候的风，我们看彼此的眼神，还是那时候的眼神。"

丁晓彤觉得这是世界上最动听的情话。

陈寒停了下来，慢慢绕到了轮椅的前面，他轻轻蹲了下来，双手抚摩着丁晓彤脸上的皱纹，双目直视着丁晓彤的双眼。他认真地对丁晓彤说："丁晓彤，我爱你。"

陈寒很少说这句话，不论是少年陈寒，还是程飞，抑或陈三好，还有后来的四号、五号陈寒，他们很少这么认真地对丁晓彤说我爱你。可能是沉淀了一世的情感在这一刻完全爆发，也可能是所有的爱情要真正走到这一步才算作真的爱情。

陈寒接着说："即使你的白发再多，皱纹再深，我依旧爱你。"

丁晓彤感动得落下了眼泪。

陈寒捧起丁晓彤的脸颊，轻轻地吻下去，微风拂过，似乎在轻轻地对他们二人吐出祝福的话语。

丁晓彤对陈寒说："一生能够得到这样的爱情，我觉得很值得。陈寒，我很高兴你能陪我走完最后一程，很高兴你能实现你年轻时候的诺言。"

陈寒把丁晓彤推回病房后，宠溺地摸了摸她的头说："我明天再来看你，好好休息吧！"

陈寒走出医院，微风中，他的身躯微微颤抖着，显得格外单薄。

四

又过了几天，陈寒和陈新一起来看丁晓彤。

丁晓彤看了看他们父女俩，突然说："我们一起照一张全家福吧！"

陈新忙答应道："好啊好啊，我们去外面照吧！"

陈新和陈寒一起推着丁晓彤往外走，来到了一个有银杏树的地方。

正值初秋，满地都是金黄色的银杏树叶，就好像是铺上了一层金光闪闪的地毯。

他们三个找来游人帮忙照相，就这样，在金黄色的背景下，年轻的陈寒、刚刚步入中年的陈新以及轮椅上白发苍苍的丁晓彤被凝固进了照片里。

照完全家福后，陈新和陈寒随意地在银杏树林里逛了逛，陈新挽着陈寒的手，看起来却好像一个姐姐挽着自己的弟弟。

陈寒对陈新说："女儿，我不是一个合格的父亲，没有给你一段完整的父爱。我让还没有成年的你看见我的离去，之后又以另外一副身躯出现在你面前，我觉得这对你很不公平。但是你如今可以这么有出息，真的让我很欣慰啊！"

陈新笑了笑："爸爸，在我眼里，你就是世界上最普通的爸爸，也是世界上最伟大的爸爸。我一直觉得我从小到大都特别幸福，有你和妈妈那么爱我，给我买好看的衣服，好玩儿的玩具，带我到处玩儿。爱是这个世界上最平凡也最伟大的东西，对于每个人来说都是一样的。也许正是因为你的事情，我才能更加坚定自己的理想。如果没有你，我可能只能成为一个高中的生物老师，我不会有这么大的信心去投身在我们国家生命科学的钻研和发展上。这些年来，通过我们大家的共同努力，我们已经取得了很大的进展。我希望我以后可以变得更加优秀，多多见证生命奇迹的发生。"

父女俩对视了一眼，两个人之间的信任和爱不言而喻。

五

这一天，夜里三点，睡梦中的陈寒突然被手机铃声吵醒。

"你们快来医院吧，丁晓彤不行了。"

陈寒心里"咯噔"一下，他一下子下了床，去陈新的房间把她拽起来，他大喊道："你妈不行了！"

父女俩穿着睡衣拖鞋，拿上手机钱包就奔下楼，陈寒用叫车软件叫了个车，直奔医院。

当赶到病房的时候，一切都太晚了。

仪器上一条横线静静地停在那里，丁晓彤的心脏已经停止了跳动。

丁晓彤静静地躺在那里，嘴角还挂着一丝微笑，她的右手紧紧攥着一张照片，照片上有一个年轻的大男孩儿，一个刚刚步入中年的漂亮女人，还有一个白发苍苍坐着轮椅的老奶奶，他们仨开心地笑着，笑容那么甜、那么美。

丁晓彤握着这张照片平静地离开了人世。

医生面色沉重地走到陈寒和陈新面前，说道："对不起，我已经尽力了。"然后，他从包里掏出一封信来递给陈寒："这是丁晓彤给你写的信，她叮嘱我一定要在她离开后再交给你。"

陈寒颤抖着用手接过那封信，对医生道了谢。

六

回到家里，陈寒展开了信。

亲爱的陈寒：

当你看到这封信的时候，我已经不在人世了。

躺在病床上的时候，我经常回顾我的一生。最开始的时候我痛恨命运，我痛恨命运让我们彼此相遇，因为遇到你，我经历了很多痛苦；因为遇到我，你在长跑中猝死，之后便开始了你的机器人人生。我细细想想我们相爱的过程，那其中的艰辛让我喘不过气，有时候我甚至觉得我们是彼此的克星。我真希望我们可以像普通的情侣那样相恋。我不用担心你随时会离开我，我们就那样简简单单、平平淡淡地过我们的日子，一起长大，一起毕业，一起变老，多好。

但是想着想着，我发现，我的人生因为这一段爱情而没有缺憾，也足够精彩。

我回想起我们在篮球场的相遇，回想起你一点儿一点儿走进我的内心。因为你，我用夹子夹起了刘海儿，开始认真地面对这个世界。你是个光芒万丈的男孩子，你什么都好，样子好，学习好，还会打篮球。在你面前，我总是觉得特别自卑，我觉得你就应该跟班花乔乔那样的女生在一起。我没想到的是，你竟然爱上了我，你帮我对付那些欺负我的男生，为因为生理期而裤子弄脏的我系上衣服。在面馆里，你喝了我的面汤，告诉我这是男女朋友间才能做的事，那一刻，虽然我嘴上没有说什么，但是心里简直要高兴死了！接着我们开始了甜蜜的校园恋爱，可是好景不长，明明知道你心脏不好，我却拉着你陪我参加马拉松。马拉松那天你感冒了，有点儿低热，却依旧陪着我到了终点，谁知道，你在终点一下子就倒了下去，竟然走到了生命的终点。在你的葬礼上，天知道我有多么自责，我怎么能害最爱我的那个人死去呢？

之后的几年，我一直都活在自责中，晚上噩梦不断。上了大学，我交了新的男朋友，但是我始终觉得自己的内心深处给你留了一个位置，那样甜蜜而又刻骨铭心的感觉可能再也不会有了。

时间就这样过去了。有一天，我在过马路的时候突然看到了对面的你。我惊呆了，一开始，我以为自己看错了，后来，你也认出了我，我们旁若无人地接吻了。这一切对我来说就像一场梦一样。后来你告诉我，你想要集中精力处理一件很重要的事情，然后才能跟我相爱，我当然相信你。我无数次地问自己，我要跟这样的陈寒相爱吗？每一次的回答都是肯定的。我觉得我一定是中了一种叫作陈寒的毒，这种毒吞掉了我所有的理智，只留下一瓶名叫爱情的解药。我们一起出去玩，在银杏树下拍照片，在轮船上紧紧相拥。我不想管那些以后，只想活在当下，珍惜每一分每一秒。可是，有一次我们相约一起吃饭，你却没有来，你就好像人间蒸发了一样，让我十分恐慌。我找到李可，却意外地看到一个非常漂亮的女孩子，她告诉我她才是你的正牌女友，我的心里一下子就慌了，特别自卑。随后，她又跟我说你告诉她你是个机器人，这让我简直是丈二和尚——摸不着头脑。

过了一些日子，你又出现在了我的面前，出现在我家楼下，我突然很怕看见你，转头就跑，因为我真的不想再承受一次失去了。我觉得命运真的非常不公平，你想出现就出现，占据了我全部的心，之后你又不打招呼就那么任性地消失，留下我一个人孤独地流眼泪。而你却拦下了我，跟我说了你从程飞日记本里看到的内容，亲口告诉我你是个机器人。我听了之后目瞪口呆，突然觉得十分可笑，决定再也不理你了。后来，我又看到了你的手臂受伤，那一瞬间我的心十分难受，我发现我真的很在乎你，虽然我表面上对你冷冰冰的，其实内心十分痛苦和纠结。后来，我来到了我们的高中，夕阳中，我看到了你的身影，就好像回到了高中时代。我再也无法克制自己的感情，我对自己说，不管你是机器人还是阿猫阿狗，我决定跟随自己的心和你在一起。有一次，我来到了你家，我们一起坐在沙发上，我像小猫一样依偎在你的怀里，你给我盖上了毯子，我好希望时间可以永远停留在那一刻。后来我们一起去游泳，在游泳池里，我看到了好几个年轻的女孩子在里面嬉闹，我知道自己永远没有办法回到那个年龄了，觉得很失落。你看出了我的失落，告诉我你想跟我结婚，虽然我没有准备好，但是心里幸福得不得了。在一次约会中，我穿了一条漂亮的裙子，化好了妆，准备给你一个惊喜，谁知道你的眼睛突然看不见了，而那个时候的我还以为你是在跟我开玩笑。后来，我带着你去见我的同事小敏，我发现你一下子苍老了很多，看起来竟然比程飞还要年长一些，那个时候我的心里就有不好的预感，我们喝交杯酒的时候，你一下子倒了下去，就这样，我再一次失去了你。我的心好痛。

　　之后，你的妈妈过来找我，说要和我商量下一个你的激活过程，我的心已经伤痕累累，我真的不想要再去承受一次失去了，于是我逃避了。但是，经过激烈的心理斗争后，我还是勇敢地出现在

NAMA 公司的会议室里。下一个你被激活了，我们结婚了，还有了一个女儿。

然后就是第五个、第六个。

第五个你只记得你妈妈，却忘记了生命中所有关于丁晓彤的回忆，这让我觉得很难过。所以，我激活了第六个你，但是没有告诉他我和陈新跟你真正的关系。我以一个邻居阿姨的身份默默关注你的生活。

我们的故事好曲折，虽然你一次次离开，总归还是会回来。最后一次，我跟他们说，不要让你复活了，留到我临死前。

在我的生命还剩下几个月时间的时候，我让他们激活了最后的一个你。看了我们之前的视频，你泪流满面，想起了所有事情。

你带我去了我家楼下，你对我说："你看，我们又可以像年轻的时候一样，我慢悠悠地推着你走在这梧桐树下，吹着这午后的小风。但树还是那时候的树，风还是那时候的风，我们看彼此的眼神，还是那时候的眼神。"你特别认真地对我说："丁晓彤，我爱你。"那一刻，我觉得我这一生特别幸福、特别满足。

之后，我们和陈新一起去银杏树下照了全家福。也许这是世界上最奇怪的一张全家福，但是我觉得，天下的全家福都一样，因为联结我们彼此的是深刻到骨髓和血液里的感情，那种感情任凭生命逝去都不会消失，它沉淀在我们的意识里，在意识里得到永生。无论你是第几个陈寒，我依旧爱你；无论你是第几个陈寒，我们依旧是一家人。

陈寒，请你不要难过。这个世界上寿命最长的东西是意识，而不是肉体，肉体随时可能泯灭，但是爱却是永久的，也是唯一的。

我的外表在不断变化，但是有一样东西却始终没有改变，那就是我十八岁时的那一颗少女心。

想要用十八岁的那一颗少女心，陪伴你走过一年又一年的春夏秋冬，你看，我做到了。

我爱你。

丁晓彤

看完信后，陈寒早已泪流满面。

在他的脑海里，十八岁的丁晓彤捡起篮球朝他砸过去，嘴里说道："我叫丁晓彤，一起打球吧！"三十岁的丁晓彤紧张地望着他，问："我是丁晓彤，你认识我吗？"婚礼上，他们彼此拥抱，甜蜜亲吻。最后，却是丁晓彤用右手紧紧攥着全家福闭上双眼，心脏再也不会重新开始跳动。

| 第二十六章 | 尾　声

　　向阳中学的操场又翻修了，今年的夏天格外炎热，知了发出声嘶力竭的吼叫，红色的塑胶跑道被晒得发软。

　　学生们陆陆续续都放学了。陈寒站在操场上，静静地看着一个男生打篮球。男生的校服已经被汗水浸湿了，鞋带儿开了也顾不上系，一直带着球在操场上奔跑跳跃着，完全没有注意到陈寒的存在。

　　一个瘦削的女孩子背着书包从教学楼里走出来，走到操场边上。她梳着短发，皮肤很白，厚厚的刘海儿挡在额头前面，帆布鞋和地面接触发出"嚓嚓"的响声。她静静地看着打篮球的男生，一言不发，微风把她的裙子吹得摆动起来。

　　那天的晚霞特别迷人，就好像七仙女各自撒下了自己的帷幔。那霞光的范围慢慢地缩小，颜色也逐渐变浅了，紫红变成了深红，深红变成了粉红，粉红又变成了淡红。太阳像一个任性的孩子，想要趁着彻底沉入黑暗前再用力绽放一把，让全世界看到属于自己的光芒。

　　突然，男生停下了手里的动作，站住看着女生，他的胸口还在不断起伏着，嘴里不停地喘着粗气。女生有些害羞，微微笑了笑，走向男生，说道："你好，我可以和你一起打篮球吗？"

男生的脸变得通红，他木木地看着女生，低头笑了一下，显得特别温柔。愣了半晌，他点了点头。

女生一下子笑开了，露出了两颗小虎牙，眼睛眯得像月牙一样。

旁边的陈寒看着这一幕，也微微笑了起来，他转过身，使劲儿揉了揉眼睛，默默走出了向阳中学的大门。